편린片鱗

편린

초판인쇄 ┃ 2022년 4월 15일
초판발행 ┃ 2022년 4월 20일

지은이 ┃ 송영목
펴낸이 ┃ 신중현
펴낸곳 ┃ 도서출판 학이사

출판등록 : 제25100-2005-28호
주소 : 대구광역시 달서구 문화회관11안길 22-1(장동)
전화 : (053) 554~3431,3432
팩스 : (053) 554~3433
홈페이지 : http://www.학이사.kr
전자우편 : hes3431@naver.com

ISBN _ 979-11-5854-350-1 03810

편린
片鱗

송영목 수필집

學而思 학이사

진솔한 마음, 삶의 편린片鱗을 담은 글

　나는 수필가가 아니다. 문학평론가로서 등단하여 지금까지 활동하고 있지만 문학적 재능은 그렇게 만족할 만한 경지에는 이르지 못하고 있다. 어떤 이는 시인, 소설가, 평론가 등 여러 장르에 걸쳐 신춘문예나 문예지를 통해 등단하여 재능을 발휘하는 우월優越한 사람들에 비하면 많이 왜소矮小한 편에 속한다고 하겠다.

　평소에 수필을 읽을 때마다 너무 교과서 이론에 의존하여 쓴 경직된 작품이나 현란한 수사를 동원하여 화려한 문장을 뽐내는 작품에서는 도리어 감동이 줄어드는 느낌을 체험하기도 했다. 차라리 각종 전문직이나 소시민의 생활 속에서 겪은 경험을 글로 옮겨 놓은 작품에서 더 진한 감동을 받기도 했다.

　그래서 나도 진솔한 마음, 삶의 편린片鱗을 담은 글을 쓰려고 나름대로는 노력해 보았다. 결과는 미지에 속하지만 지면에 발표한 글들을 정리하고 싶은 의욕에 수필집을 엮기로 한 것이다.

　내 수필은 문학적이거나 수필이론에 접근해서 다룰 처지는 못 되고 다만 나의 참다운 모습을 전하고 싶은 욕구가 앞서고 있다. 그래도 어떤 소설가가 나의 수필을 읽고 눈물이 나오더라고 말하는 것을 듣고 위안이 되기도 했다.

이 수필집은 이제 내 갈 길이 멀리 남아 있지 않은 시점에서 내 삶의 조각들을 정리해 놓은 것에 불과하다고 하겠다. 나를 곁에서 늘 지켜주시고 바른 길로 인도해 주시는 하나님께 먼저 감사드리고, 나의 내자와 2남 2녀의 짝꿍과 손자 손녀들에게 이 책을 물려주려고 한다.

내가 수필집을 발간한다니까 반가워하면서 기쁜 마음으로 도움을 준 학이사 신중현 사장과 사원 여러 분들께도 감사의 말을 드리고 싶다.

2022년 4월
송영목

3부 인생의 가을

4부 비움의 기쁨

1부

내 젊음의 한 모퉁이

인생은 별것 아니지만 하루를 살더라도 정직하게 그리고 남에게 유익을 주면서 살아가리라는 신념에는 조금도 흔들림이 없다. 이 모든 것이 하나님 은혜의 선물임을 깨닫게 해 주심에 감사할 따름이다.

꿈을 담은 구두닦이 통

  고희古稀가 된 지금까지도 나는 내 구두와 아내의 구두를 직접 닦고 있다. 이는 금전 절약을 위한 수단의 방편이거나 취향은 아니고, 나로서는 사유가 있기 때문이다.

  1950년 북한이 남침할 때 국민 대부분이 어려움을 겪었고, 나 역시 10대 소년으로서 가족들의 호구를 책임져야만 했다. 나보다 네 살 위의 형님이 강제로 징집되어 입대하게 되어 나는 학업을 중단하고 생활 전선으로 몰리게 되었다. 신문팔이, 미군들의 용품 일부를 사다가 서문시장에 가서 판매한 일, 그중에서도 가장 오랫동안 기억에 남아 있는 것이 구두닦이였다. 그때는 슈사인 보이(구두닦이 소년)라 불렀다. 이것도 구역이 있어서 남의 영역을 침범했다가 큰 봉변을 당하기도 했다.

  서문시장 중에서도 수산물을 취급하는 쪽이 내 영역이었다. 그 당시 서문시장은 비가 오면 장화를 신지 않고는 다닐 수가 없을 만큼 검은 진흙 바닥이었다. 상인들 중에서도 구두를 신고 다니는 분들이 나의 고객이었다. 상상하기도 힘들 만큼 엉망이 된 구두를 닦는 일은 결코 쉬운 일이 아니었다. 더구나 미제 구두약은 구입하기도 어려워 사용하지 못하고 검은 물감에 초를 녹여 사용하거나 어쩌다가 미제 구두약을 약간 구할 때는 섞어서 사용했기 때문에 광택을 낼 수 없고, 겨우 깨끗하게 닦는 정도였다. 조금 익숙해진 후에는 동산병원이 내 삶의 터전이 되었다.

당시 동산병원은 경찰병원으로 지정되어 의사는 무궁화 두 개의 계급장을 달고 진료를 했다. 의사들은 그래도 깨끗한 바닥을 밟고 다니기 때문에 먼지를 털고 솔질을 하면 구두 닦은 흔적이 남지만 이 역시 구두약이 좋지 않으니 광택이 나지 않았다. 의사들 중에는 미제 구두에 미제 구두약까지 지니고 다니면서 닦아달라는 분들도 있었는데, 그때는 파리가 낙상할 만큼 광택을 제대로 낼 수 있었다. 병원 입구는 하나밖에 없었기 때문에 길목에 구두닦이 통을 두고 기다리면 손님들 중에서도 가끔은 구두를 닦기도 했다.

이렇게 번 돈으로 어머니와 질녀(그때 큰형님이 일본 외삼촌 댁으로 가면서 두고 간 아이)의 생활을 꾸려갈 수 있었다. 이런 와중에서도 학교 다니는 애들을 보면 부러워서 견딜 수가 없었다. 나는 아홉 살에 초등학교에 입학했기 때문에 5학년이었다. 지구 어느 구석에 던져 놓더라도 먹고 살아갈 자신을 갖게 된 것은 이때부터였다. 구두닦이 통 속에는 공부하고 싶은 열정과 소박한 꿈이 담겨 열심히 살았던 기억이 어제 일처럼 너무나 생생하게 뇌리 한 모서리에 자리하고 있다.

일본 후쿠오카대학, 중국의 장춘대학, 켄터키주에 있는 머레이대학 총장들의 초청으로 융숭한 대접을 받아 보았지만, 이런 것은 도리어 나에게는 부담이 될 때가 더 많았다. 아내와 함께 지금도 서문시장, 칠성시장, 태평로에 있는 번개시장 등을 자주 찾기도 하고, 닷

새 만에 열리는 시골 장날을 골라 찾아가면, 거기에서는 서민들의 진한 삶의 현장을 체험하게 된다. 이런 곳이 내 생리에는 더 걸맞는 걸 보면 내 몸은 이런 삶에 더 익숙해져 있는지도 모를 일이다.

지금도 구두를 닦을 때는 늘 어린 시절을 상기하면서 성실히 살아가리라는 결심을 한다. 큰 인물이 된 것도 아니고 어정쩡한 평범한 인간으로 살아왔지만, 하루를 살더라도 바르게 살고 남에게 유익을 줄지언정 손해를 끼치지 않고 살게 되었다. 나의 유년 시절의 시련이 도리어 나를 강하게 만들었고, 그런 생활이 부끄러운 과거가 아니고 오히려 드러내어 말할 수 있을 만큼 성숙해 있다는 것도 감사해야 할 일이다.

무슨 일에 종사하더라도 미래에 대한 비전을 갖고 살아가면 실현 가능성은 항상 열려 있는 법이다. 나는 내가 믿는 하나님의 큰 은혜를 받고 또한 말씀대로 굳게 믿고 살아왔다. 이제는 잡을 때가 아니고, 벌써 놓을 시점에 와 있는 자신을 바라보면서 오늘도 내 구두와 아내 구두를 닦으면서 꿈 많았던 소년시절의 모습을 되돌아보며 남은 생애를 더 멋지고 보람있게 장식하리라는 다짐을 새롭게 하고 있다.

내 생애에 가장 즐거웠던 때가 언제인가

　나이가 많아지니까 생애에서 가장 즐거웠던 때가 언제인가?라는 질문을 받을 때가 있다. 어떤 이는 다시 젊어졌으면 좋겠다든가, 청춘을 돌려달라는 대중가요를 읊조리면서 시계를 되돌렸으면 하는 후회의 단면을 토로하는 사람도 있다. 그 외에도 각양각색의 시기를 나열하지만 나는 지금 이 순간이 가장 값지고, 기회이고, 아름다운 시간이라고 생각하면서 즐기고 있다.

　나의 어린 시절은 일제日帝강점기라 먹을 것이 없어 얼굴이 비치는 죽사발을 안고 그것이나마 국물을 더 먹고 싶어 했던 그때로 어찌 다시 돌아갈 마음이 있겠는가. 상기하기도 싫은 그때 그 시절, 아버지는 일제 말기 1944년 일본군의 압제하에서 옥고를 치르다가 몇 달을 견디지 못하고 옥사하셨다. 7살 되던 해 어머니와 함께 삼덕동에 위치한 형무소에서 아버지와 만남이 마지막이었다. 그때는 제대로 의식도 못 했지만 지금에야 되돌아보면 가혹한 시련의 시대였음을 인식하고 있을 뿐이다.

　나는 대신동 서문교회 옆 골목에서 태어났지만 맏형의 징집을 피하기 위해 시골로 옮겨갔고, 초등학교 시절에는 시골 학교에서 다니다가 해방과 함께 대구로 이사를 와서 전학을 하게 되었다. 그때도 공부할 의욕은 있었지만 살기 힘든 세월이었음을 고백하지 않을 수 없다. 5학년 때 6.25라는 참극을 맛보았는데, 그 고통을 당시에는 모르고 지났지만 시간이 지날수록 비극의 강도가 더해 가고 있다.

내가 교회에 출석할 때가 바로 그 무렵이었다. 그야말로 멋도 모르고 교회를 다닌 셈이다. 큰형님은 돈 벌기 위해 일본으로 갔고, 둘째 형은 17살이었지만 총대를 세워 재어보고는 강제 징집되어 입대했고, 13살이던 나는 어머니를 봉양하고, 일본으로 가면서 남겨 둔 질녀를 챙겨야 했다.

미군 부대에서 구두를 닦으면서 받은 물품 또는 PX에서 나온 물품들을 구입하여 서문시장에서 팔아 생계를 유지하기도 했다. 몇 푼 남은 이익금으로 어머님과 묵을 사 먹던 그 맛을 지금도 잊지 않고 있지만 되돌리고 싶은 생각은 추호도 없다. 그런 와중에서 학업은 중단하고 생업에 뛰어들었지만 학구열과 이 상황을 극복하겠다는 의지는 조금도 꺾이지 않았다.

입학금도 납부하지 않은 채 6학년 담임 선생님과 경북중학교 수학교사의 주선으로 중학교 입학식에는 참석할 수 있었지만 입학금을 마련하기 위해서 어머니가 고생했던 그 기억은 진정으로 되돌리고 싶지 않다. 마침 그때는 형이 구사일생으로 살아 돌아와 내 대신 생계를 책임지게 되었지만 학교 다니게 해주지 않으면 죽겠다는 나의 말에 어머니의 가슴은 이루 형언할 수 없었던 것이다. 백방으로 수소문하면서 조금이라도 일면이 있는 사람들에게 찾아가서 하소연하여 빌린 돈으로 그것도 일 개월이 지나서 입학금을 납부할 수 있었다.

　그런 대로 중학교는 졸업할 수 있었지만 또 고등학교 입학이 문제
가 되었다. 무시험으로 입학은 했으나 계속해서 공부할 수 있는 여
력은 전혀 없었다. 형이 정식으로 나이가 되어서 입영하게 되었으니
집안의 생계가 또 문제가 된 것이다. 1학년 4기분 등록금 미납으로 2
학년이 되었지만 출석부에 이름이 등재되지 않자 학교를 그만 두고
야간부 고등학교에 3학년으로 월반하여 편입하게 되었다.

　낮에는 온갖 궂은일을 했다. 오징어잡이 줄 꼬기, 신문 배달은 기
본이고, 심부름 등. 어머니가 마침 여관의 부엌일을 하게 되어 연명
할 수 있었다. 대학도 무시험으로 입학은 할 수 있었다. 형님이 제대
하여 내 자리를 메워 주었기 때문이다. 나는 가정교사도 했고, 2학년
때는 학보사 기자가 되어 형편이 호전되어 갔다. 20대는 군 복무도
마쳤고, 문학평론가로서 등단도 했고, 고등학교 교사로서 근무하면
서 결혼도 할 수 있었다.

　30대에는 2남 2녀를 둔 가장이 되어 학원 강사를 하면서 물질적
풍요도 누릴 수 있었다. 장로가 되었고 큰 주택도 마련했으며, 승용
차도 소유할 수 있게 되었다. 40대에는 대학교수로서 내 딴은 밀린
공부 하느라고 여념이 없었지만 아내의 교육열로 애들을 잘 성장시
켜 사위 둘과 아들 둘이 다 박사가 되어 대학교수로서 또는 의사로
서, 목사로서 자기 역할을 감당하고 있다.

　작년에 막내아들이 영국에서 박사학위를 수득함으로써 희수喜壽
가 되어 겨우 나의 임무는 끝나게 되었다. 평생 강의만 했던 나에게
가장 큰 행운은 정년퇴임이었다. 그때 나는 정말 기뻤고, 즐거웠지
만 지금의 행복에는 미치지 못했다. 모든 짐을 내려놓고 내가 읽고

싶었던 책들을 마음껏 읽을 수 있고, 논문은 쓰지 않아도 허물이 되지 않기 때문이다. 대학 재직 중에는 매스컴에 글을 발표하지 말라는 권유로 미루었던 평론과 수필도 쓸 수 있어서 더욱 좋았다.

왜 지금이 가장 즐거우냐면 이제 자녀에 대한 아비로서의 역할이 끝나고 아내와 함께 기쁨을 누리면서 살 수 있다는 점과 새벽기도로 하루를 시작하고, 전에도 그랬지만 성경을 읽지 않고는 어떠한 책이나 신문 잡지도 읽지 않고, 성자는 못 되더라도 그 근처에서 살려고 노력하고 있기 때문이다. 게다가 매달 지급되는 연금으로 애들에게 손 벌리지 않고 빚 없이 살아가는 게 고맙고 기분 좋은 일이 아니겠는가. 생각만 나면 언제든지 아내와 함께 손수 운전하면서 관광지를 찾을 수 있고, 또한 초, 중, 고, 대 동창 모임, 장로들과의 모임, 50년대에 같은 교회에 다니던 사람들과의 재회의 기쁨도 만끽하고 있다.

인생은 별것 아니지만 하루를 살더라도 정직하게 그리고 남에게 유익을 주면서 살아가리라는 신념에는 조금도 흔들림이 없다. 이 모든 것이 하나님 은혜의 선물임을 깨닫게 해 주심에 감사할 따름이다.

5월이면

달력을 보면 5월에는 기념될 만한 날이 다른 달보다는 월등히 많다는 것을 알게 된다. 1일은 근로자의 날, 5일은 어린이날, 8일은 어버이날, 12일은 석가탄신일(이날은 유동적임), 15일은 스승의 날, 18일은 민주화 운동 기념일, 20일은 성년의 날, 21일은 부부의 날, 31일은 바다의 날 등이다. 이 중에서 나에게는 고정된 날로 지정된 어린이날과 어버이날, 스승의 날이 해마다 되풀이되지만 올해는 유독 이날들이 내 마음에 오래 머물러 있다.

내 나이쯤 되면 어린이날은 흘러간 추억의 자락에 매달려 있어야겠지만, 막내아들이 늦게 결혼해서 손자와 손녀가 초등학교 4학년, 2학년, 유치원생이 있어서 어린이날이 나에게는 의미 있는 날이 되고 있다. 80이 훌쩍 넘긴 지금에도 이들이 있어서 함께 식사도 하고, 선물 줄 수 있는 상대가 있다는 게 얼마나 즐거운 일인지! 세월이 쌓일수록 손자, 손녀가 더 귀여워지는 것은 분명 내가 그만큼 낡았다는 방증일 것이다.

세계적인 추세는 어떤지 모르겠지만, 나는 초등학생까지만 어린이로 규정하고 적용하고 있다. 이들이 성장하는 모습을 보고 있노라면 하나님 섭리의 오묘함을 새겨보게 된다. 평일에 만나도 반갑지만 이름 있는 날 만남이 더 친밀감을 갖게 되는 것은 인간의 상정이리라.

이어지는 어버이날은 나의 아버지와 엄마가 생각나는 날이기도 하지만, 나의 4남매가 효도하려는 노력에 기쁨을 갖는 날이기도 하다. 나의 소싯적에 대나무 총을 사 주셨던 기억과 44년도에 대구형무소에 엄마와 함께 면회 갔던(일제에 의해 1년 형을 받고 그해에 생을 마침) 일만이 나의 뇌리에 남은 아버지의 잔영이다. 엄마는 83세까지 생존했으니까 우리 내외가 결혼해서 17년간 모셨고, 특히 나보다도 나의 내자가 더 효도했던 것으로 기억되고 있다.

가진 것이라고는 몸뿐인 엄마에게 학교에 보내 주지 않으면 죽어버리겠다고 거칠게 요구했던 나의 치졸함이 날이 갈수록 생생하게 각인되고 있는 것은 그 시절의 고난 때문일 것이라고 둘러대지만 늘 아쉬움으로 남아 마음 한 구석을 비집고 자리하고 있다. 무엇보다 비록 학교에서 배우지는 못했지만 노년에 한글을 스스로 터득하여 성경을 열심히 통독하셨고, 그 많은 속담과 인생살이의 지혜를 나에게 가르쳐 준 것은 잊을 수가 없다.

나의 자녀들은 사위 둘과 아들 둘이 다 박사들이라 큰 사위는 대학원 원장, 큰 아들은 학장 역임 후 학과장, 둘째 사위는 의사로, 막내는 목사로서 제 갈 길을 열심히 달려가고, 10명의 손자 손녀들 중에는 첫 외손녀가 존스홉킨스대학에 입학해서 공부하게 되었고, 세 명의 어린이를 제외하고는 중고에서 수학하고 있는 중이다. 감사할 것밖에 없다.

무엇보다 특기할 사항은 스승의 날이다. 나는 고등학교에서 교사도 했고, 대학에서 정년퇴임했지만, 대학제자들은 만나면 '커피 한잔 합시다.'라는 말로 끝이 나지만, 고교 때 제자들은 길거리에서 만나면 공손하게 손을 잡고 반가워한다. 담임은 하지 않았지만 같은 문학의 길에 들어선 제자는 나에게 배웠다고 하면서 명절 때마다 잊지 않고 선물을 보내오고 있다. 이제 70이 되었으니 우리 사이에 그만하자고 제의했다.

공업고등학교 야간부 기계과 3학년 담임했던 제자 중에는 두 명이 거부가 되어 서울에서 기업체를 운영하면서 스승의 날에는 화분이나 꽃바구니를 보내오고 있다. 내가 대학 학장 내외분들과 캐나다 벤쿠버 공항에 도착했을 때 공항 바닥에서 큰절을 받았던 일과 그날 18명에게 저녁식사로 값비싼 회를 대접받았던 일도 있었다. 그때는 3학년 실장을 했고, 지독히 가난했던 시절이라 나는 잊고 있었는데 마지막 등록금이 없어 졸업하기 어렵게 되었을 때 담임인 내가 해결해 주었다는 사실도 본인의 입을 통해 알게 되었다.

그 후에 귀국해서 내가 서울에서 만나자고 제의했더니 반갑게 식사를 하게 되었다. 벤쿠버에서 받았던 융숭한 대접에 누를 끼치지 않았나 싶어 염려가 되었기 때문이다. 그 자리에서 알게 된 사실은 나의 염려가 기우였음이 판명된 유쾌한 소식이었다. 보통 중소기업이 아니라 대기업에 근접하는 회사를 경영하는 회장이었다. 70에 가까운 이 제자들이 올해도 어김없이 꽃을 선물로 보내왔다. 제자들이 그 가난을 극복하고 잘 사는 그 자체만으로도 마음을 흐뭇하게 해주니 이 또한 기쁘지 아니한가.

나의 스승은 어떠한가. 90을 넘긴 대학의 스승은 1년에 한두 번 만나 식사하면서 대화했지만 2년 전부터는 거동이 불편해서 만나지 못하고 있다.

나는 매일 아내와 함께 새벽기도로 하루를 시작하면서 걷기 운동을 한다. 자녀들이 제자리에서 빛을 내고 있으니 감사와 기쁨이 넘치고 있다. 다만 문학단체나 여러 사람이 모이는 자리에는 가능한 한 얼굴을 보이지 않으려고 노력 중이다.

1103의 학창시절

　누가 세월을 흐르는 물에 비유했던가. 대학 생활의 기억들이 현실처럼 느껴지는데도 벌써 43년이란 시간이 흘러갔으니 말이다. 1958년도는 나의 대학 생활이 시작된 해인데, 그때 경대는 본관, 도서관, 소강당, 학생회관, 인문관, 자연관, 사대, 농대, 법정대, 가교사처럼 건조된 교양강의실과 의예과 강의실 정도였다. 몇 년 전에 보이던 퇴락한 인문관이 지금은 흔적없이 사라지고 빈 터만 남아 있는 것을 보고 다시 한번 세월의 무상함을 느끼기도 했다. 건물이 낡아 헐어버릴 정도라면 유기체인 인간의 외형은 얼마나 변했을까. 살아가는 방법과 사고思考는 또 얼마나 변모했을까.

　1103은 경북대학 중에서도 문리과文理科대학이 1번, 그중에서도 국어국문학과가 1번, 03은 우리 과 학생 중에서 연령 순서에 따라 3번째라는 의미가 담겨 있다. 우리 과科는 58년도에 입학한 학생이 모두 22명(2명은 무시험 입학-나와 변 양)이었는데, 그중에 여학생이 2명이었다. 이 두 명 여학생은 남학생 20명에게 1년 동안 압도당했는지는 모르는 일이지만, 2학년 때 하 양은 사대 가정과로, 또 변 양은 사대 영문과로 전과함에 따라 남학생 20명만 남게 되었다. 그나마도 입대한 학생들이 있어서 제대한 선배들과 같이 강의를 듣게 되었다.

나는 처음부터 고전이나 어학 분야보다는 현대문학 쪽에 더 관심을 갖고 있었는데 막상 커리큘럼에는 고전문학과 어학뿐이고 현대문학은 거의 편성되어 있지 않았다. 그것은 전공 교수가 없었기 때문이기도 했다. 그때 우리 과 교수진용은 윤응선 교수와 정주동 교수(전임강사), 전재관 교수(전임강사, 후에 전재호로 개명)뿐이었다.

계성고교에서 출강하던 이기백 교수는 그 후에 전임강사로 부임했다. 효성여대 최정석 교수가 '세계문예사조' 강의를 맡았고, 이효상 교수(후에 국회의장 역임)가 '시론'을 담당하기도 했다. 그때 또한 청마 유치환 시인이 '창작론'을 강의했는데, 강의한 시간보다는 휴강이 더 많았던 것으로 기억된다. 2시간 연강에 45분 정도 강의, 강의라기보다 몇 자 불러주면 받아쓰고, 약간 설명을 보태는 정도였다.

청마와 나는 잊지 못할 에피소드가 있다. 내가 문리대 학예부장 시절, 문리대 시화전을 계획하고, 원고를 수집해서 청마 선생님께 시화전에 적합한 작품 선정을 의뢰하려고 당시 중앙통에 위치한 서러벌 다방에 자주 들르던 선생님을 만나러 갔다. 그러나 만나지 못하고 원고를 맡겨두고 가라는 연락을 받고 1호 봉투에 잘 간직할 수 있도록 세심하게 배려해 두고 왔는데, 시간이 경과하여 선정된 작품을 받으러 선생님께 갔으나, 청마 선생님은 원고를 어디에 두었는지 끝내 찾지 못하여 결국 그해 시화전은 무산되고 말았던 일이 있었던 것이다.

또 한 번은 경대 학보사에서 고교생을 대상으로 문예현상 공모가 있었는데, 학보사 기자였던 내가 시 부문 1차 심사를 하게 되었던 것이다. 연필로 심사 결과를 적어 청마 선생님께 최종 심사를 부탁드렸는데 1차 심사한 그대로 최종 심사 결과를 보내 주셨다. 그때부터 나도 시를 보는 안목에 자신감을 갖게 되었던 것 같다. 계성고교 재학 중이던 전재수(후에 사대 국어과 재학 중 시인이 됨)의 「山寺」라는 작품이 당선될 무렵이라 생각된다.

영문과에는 현대시, 현대소설, 현대희곡, 서양문예학 등의 과목이 개설되어 그쪽에 가서 강의를 많이 들은 셈이다. 4학년 때 김춘수 시인이 전임강사로 부임하면서 경대시단은 활력을 얻게 되었다. 그의 '시론' 강의는 우리의 의식을 새롭게 했고, 시에 대한 많은 지식도 습득하게 했다. 권기호, 권국명 등이 시단에 데뷔하게 되고, 나도 그 후에 평단에 발을 넣게 되었던 것이다. 2학년 때 나도 법대로 전과하려고 시도했으나, 과 교수님들의 간곡한 만류에 주저 앉게 되고, 「이육사 연구」를 발표했으며, 3학년 때에는 역시 5개 대학 국어국문학회에서 「뉴크리티시즘과 한국문학」을 발표했는데, 이는 김달호 교수의 '서양문예학' 강의에서 힌트를 얻은 결과였다.

또한 학보사에 입사하여 기자생활을 경험하게 되었다. 이 경험은 후에 신문사로 진출하지 않게 되는 계기가 되었다. 기자가 결코 좋은 직업이 될 수 없다는 판단을 갖게 된 것이다. 2학년에 접어들면서 일부 친구들은 입대하게 되어 제대한 선배들과 함께 수강하는 경우가 더 많았다. 김영희 교수(후에 경북대 총장 역임)가 '원서강독'을 담당하게 되었는데, 외국인이 쓴 『Daybreak in Korea』에 "twice eight green spring"이라는 구절 때문에 김 교수가 번역을 못하고 어쩔 줄 모르고 있을 때, 2년 선배인 박 형이 二八靑春이라고 하자 무릎을 치면서 감탄했던 일도 있었다. 쉽게 teen age 정도로만 사용했더라면 되었을 것을 그렇게 기록하고 말았던 것이다.

복현동의 국문과 시절은 세월이 흘러도 잊히지 않는 아름다운 추억들이 나로 하여금 가끔 대학시절로 인도하기도 하는데, 한번은 2학년 때 전재호 교수 강의시간에 모두 스스로 휴강이라는 마음으로 김천에 살고 있던 전 군의 집에 놀러가기로 했던 것이다. 휴강이 명강이던 그때 유독 전재호 교수만이 한 시간도 빠지지 않고 강의를 지속하는 데 대한 반발 심리가 작용했던 것도 한 요인이 되기도 했다. 한편으로는 미안한 마음도 있었지만 그날 하루의 즐거웠던 시간은 지금도 생생하게 떠올라 지워지지 않고 있다.

지금은 전혀 소식이 없는 오 군, 미국 시카고에 거주하고 있는 권 군, 모두가 그리운 친구들이다. 서울에 자리 잡은 김 군(현 양재고교 교장), 이 사장 등과는 연락이 닿고 있으며, 대구에서 생활하고 있는 6명은 부부와 함께 매달 모여 환담하면서 끈끈한 인정이 메말라 가는 세상에서도 이어져 오고 있는 것은 얼마나 다행한 일인가. 선배들과의 유대도 계속되고 있지만 국문과의 생리는 선후배를 떠나서 정이 넘치는 인간관계가 다른 과와 차별되는 장점을 갖고 있다고 자부해도 좋으리라 생각된다. 이미 고인이 된 장 교감은 부단의 노력으로 승진을 계속했고, 우 교장 역시 노력하는 자세를 견지해 주었기에 우리 동기생들에게도 본받기를 권유한 일도 있었다. 나의 학창시절 중에서 뇌리에 남아있는 강의로는 정주동 교수의 '고전 소설론', 사대 소속이었던 김사엽 교수의 '국문학사', 독문학을 전공한 김달호 교수의 '서양문예학', 김춘수 교수의 '시론' 등이다. 정주동 박사가 몸이 불편해서 연구실을 비운 동안 내가 대신 지킨 일, 문리대 학생회 부회장에 출마했다가 11표 차로 낙선한 일, 학보사에 입사하여 입대하기까지 근무했던 일, 3학년 때 정의가 숨 쉬던 4·19 혁명, 4학년 때 좌절감을 맛보게 했던 5·16 군사 구데타 등 나의 학창시절은 그야말로 복잡하면서도 다양한 체험의 연속이었다. 이때의 정치적 체험은 여기서 다 기술할 수 없고, 다른 지면을 할애해야 할 것으로 사료된다.

아무튼 43년이 지난 지금에도 그리운 얼굴들이 떠오르고, 이미 고인 된 분들의 모습도 생생하게 생각나는 것은 내가 아마도 늙은 탓도 있겠지만 살아 있다는 것을 확인시켜 주는 것이 아니겠는가. 앞날을 바라보는 미래의 희망보다는 살아 온 날을 되돌아보면서 그 기억들이 그때처럼 느껴지는 것은 연륜의 탓으로 돌리기에는 아직도 나의 기력이 쇠하지 않았다고 자위해 보기도 한다.

산다는 것이 그렇고 그렇지만 살아온 세월은 진실만으로 남아 있는 법, 그리운 친구들이여! 우리 다시 한번 생존의 의미를 음미해 보는 것은 어떨까. 진실과 정의가 사라진 지금의 현실을 탓하지 말고, 우리 정직한 모습으로 만나서 옛 이야기나 하자꾸나. 그리운 친구들이여!

백민 선생님과의 만남

　1958년도 경대 문리대 국어국문학과의 신입생 선발은 두 종류였다. 하나는 20명 모집 중 10%에 해당하는 2명은 무시험 전형으로, 나머지는 필기 시험으로 선발하는 제도였다. 그때 나는 무시험 전형에 원서를 제출하고 구두시험을 치르게 되었는데, 문학 분야에서는 故 정주동 교수였고, 국어학 분야에서는 전재관 교수(개명하기 전의 이름임)였다. 정 교수는 성삼문 시조를 암송하게 한 다음 봉래산은 어느 산이냐고 묻기에 금강산이라고 대답했더니 "자네 똑똑히 공부했군." 하시면서 "중국의 상상적인 산이라고 해석하는 사람들도 있는데 어떻게 알았느냐?"고 또 물으셨다.

　가람 이병기의 시조해설집을 읽은 기억이 나서 그 책에서 읽었다고 대답한 바가 있었다. 그때 백민 선생님은 옆방에서 두터운 영어 원서를 들고 와서 책표지 안쪽에 빽빽이 인쇄된 영어를 읽으라고 하셨다. 지금도 생생하게 기억하고 있는 부분은 Charles Dickens 작품집의 작가 소개였던 것 같다. 조금 읽어 내려가니까 "대강 무슨 뜻인지 알겠는가?" 물으셨다. 번역된 디킨즈의 소설을 읽은 기억이 나서

"조금은 알겠습니다." 라고 했더니 다른 말씀은 하지 않으셨다.

이것이 바로 백민 전재호 교수님과의 첫 만남이었다. 그때 선생님은 전임강사였으며 1학년 교양강좌를 마치고 2학년 때부터 '두시언해' 강의를 듣게 되었다. 나는 솔직히 문학에만 관심을 가졌을 뿐 국어학 쪽에는 학점 취득을 위한 최소한의 시간만 할애했다. 그때는 휴강이 명강의였던 시절이었지만 선생님은 휴강 한 번 한 일 없고, 2시간 연강이지만 시간 에누리 한 적도 없이 성실하게 강의해 주셨다. 젊은 날부터 지금까지 변함없이 그러한 생활 연장선상에서 굳건하게 살아가시는 모습에 감탄과 존경심이 저절로 우러나온다.

한번은 금요일 오전 강의시간인데 우리 반 2학년은 김천에 집이 있는 전상배 가정에 놀러 가기로 대충 이야기가 되어 강의시간을 제끼고 기차로 10여 명이 기분 좋게 출발해서 그날 아주 즐겁게 지내고 돌아온 일이 있었다. 그때 단 한 명만이 강의실을 지키고 있었던 모양인데 그다음 주 강의시간에 사실대로 말씀 드렸더니 큰 꾸중도 하지 않고 넘어갔던 기억이 새삼스럽게 떠오르고 있다. 그때부터도 교육적인 측면에서는 지도를 충실하게 해 주셨지만 인격적인 모욕감이나 귀에 거슬리는 말씀은 들어 보지를 못했다.

2학년 때 「이육사 연구」로 5개 대학 국어국문학회에서 발표하고, 3학년 때는 「뉴 크리티시즘과 한국문학」을 발표하고 또 논문집에 게재된 일이 있었는데 분명히 선생님은 국어학 쪽이면서도 관심을 가지시고 격려해 주신 일도 기억하고 있다. 지금까지 인간관계가 중단 없이 계속 유지되고 있음도 저 자신에게 있는 게 아니고 전적으로 제자를 사랑하시는 선생님의 성품의 결과로밖에 설명할 길이 없다. 이미 근 50년이란 세월이 흘러갔고, 저 역시 백발의 고희를 눈앞에 둔 몸이지만 한결같이 선생님의 사랑을 받고 있음도 흔치 않은 일일 것이다.

정년 퇴임 후 '韓日言語文化硏究所'를 범어동에 소재한 범어타워 오피스텔 803호에 개소한 때부터 동창회에 관심을 가지시고 참석한 일이나 제자들의 안부나 소재파악을 하는 등 사랑과 인자한 성품이 많은 제자들에게 무언의 교훈과 격려가 되고 있음도 간과해서는 안 될 중요한 대목인 것이다. 더구나 韓日言語文化硏究所 논문집이 계속 발간되고 있다는 데도 주목할 필요가 있을 것이다. 八旬에 이르러 제자들이 기념문집을 마련하려는 것도 예사 일이 아닐 뿐만 아니라 선생님만이 향유할 수 있는 권리처럼 느껴지기도 한다.

요 얼마 전에는 며느리 되는 송종규 시인의 대구문학상 시상식에 참석하셨다가 담소를 나눈 일이라든가 전화로 안부를 묻는 일 등은 정말 본받아야 할 덕목이라고 여겨진다. 사실 강의실에서 선생님에게 배운 것보다 졸업 후에 지금까지 이어오는 사제 간의 정의에서 배운 것이 더 많음을 솔직히 고백하지 않을 수 없다. 나 역시 선생님을 뵈올 때 전혀 부담감 없이 대할 수 있는 것도 선생님의 인격과 넓은 아량과 풍성한 사랑의 마음이 있기에 가능한 일이라 생각하고 있다.

선생님이 교회의 장로로서 위상에 걸맞게 실천하는 크리스천의 참모습을 보여 줄 때 본받고 싶은 욕구가 가슴 깊은 곳에서 치밀어 오는 느낌을 감내하기 힘들 정도이다. 더 오래 사시면서 제자들에게 실천하는 사랑과 스승의 참모습을 가르쳐 선생님을 닮은 많은 제자들을 배출시켜 우리 사회 가계각층에서 일익을 담당케 하여 밝고 희망찬 국가를 만들어 나가는 데 힘을 보탤 수 있도록 해 주시고, 하나님 안에서 남은 생애가 더 많은 복 받기를 기도드린다.

0042188

　5·16 혁명 이후 군필자가 아니면 공직에는 전혀 취업이 불가능한 상황을 직접 체험하고, 입대하기로 마음먹었다. 그때가 대학 졸업반이었는데 두 번 지원했으나 성사되지 못하고, 세 번째 안동에 가서야 자원입대할 수 있었다. 당시에는 교보, 학보, 일반병으로 구분되어 교보와 학보는 군번이 00으로 시작되었다. 유사시 00을 지워버리면 장교 군번으로 대체된다는 말도 있었다. 논산에서 전후반 훈련을 받았는데, 전반기 사격 훈련때 나는 특등사수라는 메달을 받았던 기억이 난다.

　11월에 입대했으니까 몹시 춥기도 했고, 다른 훈련병보다 나이가 조금 많은 탓에 서럽기도 했지만 젊음이 견디게 했다. 후반기 훈련에서는 60mm, 80mm포 또 박격포까지 사격 훈련을 받은 결과 웬만한 총기류는 다룰 수 있을 정도였다. 설날 연휴 때 막사에서 군화를 벗지 않고 복도로 발을 내놓은 채 몇 명이 누워있었다. 그때 울산 출신인 군기 잡기로 소문난 병장이 문 열고 들어오면서 "꼼짝 말고 그대로 있어." 명령했지만, 모두 반대 문 쪽으로 뺑소니쳤다. 물론 나도 그중에 포함되어 있었다.

그날 밤, 40명의 대원들에게 점호때 "낮에 내가 그대로 있으라고 말했는데 도망친 놈들은 다 앞으로 나와."라고 했지만, 나와 대구대 출신 외에는 앞으로 나오질 않았다. 그 병장은 나머지 모두에게 주먹세례를 주었지만 우리 두 사람에겐 "너희 둘은 정직하게 행동했으니 내일 영화 구경 시켜 줄게."라고 말했는데, 영화 구경 간 기억은 없는 것 같다.

사람은 어디서나 어느 때나 정직해야지 남을 속여서는 안 된다는 교훈을 여기서도 확인시켜 주었다. 나는 지금까지도 하루를 살더라도 바로 살자는 신념을 굽히지 않고 있다. 나는 화천 골짜기 오읍리 쪽 12사단에 배속되었다. 그러고는 곧장 춘천 군단 보초병으로 얼마간 근무하게 되었는데, 밤중에 군단장과 그 일행이 방문하게 되었다. 보초병인 나에게 여러 가지 근무 상황을 질문하기에 명쾌하게 답변했더니 그 자리에서 수행하는 장교에게 군단 본부로 발령을 내라는 명령을 내렸다.

그다음 날 소대장이 송 일병은 학보병이라 후방 근무는 안 된다는 통보를 받았던 기억도 생생하다. 그때는 교보와 학보는 복무기간이 1년 내지는 1년 6개월이라 전방 근무만 하도록 규정되어 있었다. 말단 소대원으로 복귀하자 마침 대대 작전과에 복무 중인 하사가 제대하게 되어 그 자리에 발령내릴 병사를 찾고 있었다. 각 중대에서 몇 명을 차출해서 여러 가지를 테스트한 다음 나에게 작전과에 근무하도록 명을 내려 그때부터 비밀 문건을 취급하는 작전병이 되었다. 사전에 신원 조회가 면밀히 이루어진 것은 말할 나위도 없었다.

수백 건의 문건을 거의 숙지하고 있었는데, 공휴일에 모심기에 협조하라는 공문을 받고 각 중대에 명을 내릴 수밖에 없었던 것은 작전장교와 상사까지 모두 외박 중이기 때문이었다. 졸병인 내가 지시할 수밖에 없는 상황이었다. 그까지는 좋았는데, 다음 날 부대대장인 고참 대위가(대대장은 중령, 부대대장은 소령이 정상) 졸병이 마음대로 명을 내렸다고 구둣발로 몇 차례 차여 피부가 손상되기도 했지만 마음만은 상쾌한 기분이었고, 그 상황에서는 그 방법밖에 없지 않았느냐고 변명하다가 더 얻어맞기도 했다. 사실 군대는 계급도 중요하지만 보직에 따라 졸병이 상사나 장교까지도 움직일 수 있다는 사례를 경험했다.

60년대 초반이라 장교들의 실력도 짐작이 되는 대목은 작전장교가 작전 계획서를 원만하게 수립하기 어려운 지경이었다. 방송실에 들어가서 며칠 걸려 두꺼운 작전 계획서를 만들어 내기도 했다. 행군할 때 각 개인의 거리 유지와 도착지점까지 소요되는 시간과 거리를 환산해야 하는 작업 등이 포함되어 있었다. 한번은 부대를 떠나 진지 구축작업을 하고 있을 때, 매일 작업 실적이 현황판에 기재되었다. 대대장인 중령이 내가 작성한 현황판을 들고 브리핑을 하는데, 고참 대령인 부사단장이 중령에게 지휘봉으로 배를 찌르면서 꾸중하는 현장을 목격하고는 위계질서의 엄격함을 실감하기도 했다.

또 한번은 행군할 때, 작전병인 나는 대대장 지프차를 타고 편안하게 이동할 수도 있었지만, 군에 와서 40km 이상 행군도 못 해 보고 제대해서야 되겠는가 하는 생각에 이르러 행군에 직접 참여했는데, 경험이 없었던 나는 나일론 양말을 신고 행군했으니 발바닥과 발가락 등에 물집이 생겨 며칠간 고생했다. 잊히지 않고 반세기가 지난 지금에도 기억이 또렷한 것을 보면, 나의 뇌리에 깊숙이 자리했던 것이었을까.

1년 6개월의 짧은 복무 기간 중 많은 경험을 할 수 있었던 것이 내 인생에 얼마나 도움이 되었는지 모를 지경이다. 나는 최전방으로 전출되어 휴전선 바로 앞산 정상에서 1시간 내지는 2시간 정도의 간격으로 교대하면서 보초근무를 수행하다가 1종계를 맡게 되었다. 쌀, 압맥, 된장, 고추장, 간장, 기름 등 하루 사용량을 체크하면서 먹은 양과 남은 양이 일치되어야 함은 말할 나위도 없었다. 재학 시절부터 수학만은 우월성을 유지했던 터라 검사하러 왔던 장교들까지 나의 정확한 계산에 감탄하면서 수긍하는 모습을 볼 수 있었다.

한번은 연대에 주식과 부식을 수령하러 갔다가 너무나 오래도록 기다리게 하여 불평을 했더니, 연대 소속 병장이 얼굴 옆쪽을 때려 고막이 찢어진 일도 있었다. 그때는 괘씸해서 제대 후에는 복수하리라는 일시적 감정도 있었지만 군대는 묘한 곳이라 제대 후에는 그것을 잊어버리고 용서가 되고, 도리어 아름다운 추억으로 남게 됨을 알 수 있었다. 또 젊은 소위가 기합을 주는데 분명히 나보다 두세 살 아래라 기분이 언짢았지만 그것도 참고 견디어 내니 나에게 힘이 되었단 것을 지금도 잊지 못하고 있다.

누군가가 군대에서 복무하는 기간을 썩는다고 했는데 그렇게 말하는 사람 자신이 그만큼 썩고 있다고 봐야 할 것이다. 남자는 입대하여 복무해 봐야 인생의 다른 한 면을 볼 수 있는 안목이 확대되고, 인내심과 용서의 미덕도 깨닫게 된다. 공직에서 일하려면 군필자가 되어야 사고의 폭이 넓어지고 통솔력도 지니게 된다. 나의 군대 생활은 젊음을 허비한 것이 아니고, 진실로 산교육의 현장이었다고 강변하고 싶다.

0042188의 군번은 반세기가 지난 지금에도 나의 뇌리에 간직되어 있고, 그때의 상황을 이와 같이 글로 남길 수 있다는 것이 신기할 정도로 고마울 뿐이다.

병영생활의 편린片鱗

　군대란 젊은이의 집합단체이며 규율과 질서가 엄격히 준수되는 조직체이기도 하다. 여기서 조금만 이탈된다면 군 본연의 대열에서 낙오되고 만다. 나이가 들수록 병영생활에서 느껴지는 권태와 좌절감은 심한 것 같다. 적령기를 넘겨서 입대한 사병들에게는 하루의 생활이 지루하다고 말하는 게 맞을 것 같다.

　내가 군에 입대한 때는 대학 졸업을 3개월 앞둔 24세. 지금은 26세다. 아직도 젊다면 젊은 나이일는지 모른다. 그러나 그시절에 입대한 초년병은 21세에 불과하다. 학업 도중에 입대했으니 학보병이다. 이 학보병이란 군번에도 00으로 시작된 18개월 단기 복무자들이다. 일반사병들의 선망의 대상이 되기도 하지만 질시의 눈총을 받기도 한다. 이는 비단 사병들뿐만 아니고, 장교들에게도 그들의 태도는 마찬가지다. 육사 출신 장교는 그렇지 않지만 간부후보생을 거쳐 초급 장교가 된 이들이 원리원칙을 고수하면서 압박해 오는 무언의 행동은 아니꼬운 생각도 들지만 한편은 동정심도 가지게 됨은 무슨 이유일까.

젊은 시절에 장교로서 군대 생활을 맛보는 것은 학보병들이 사병으로서 단기간 군생활을 체험하는 것과 같이 의미 있는 기회임에는 틀림없다.

1963년 3월 2일 일석 점호 때, 일직사관은 23세의 초급장교. 이날은 일직상병이 인원 파악이 서툴러서 자기는 빼고 보고하자 "한 사람은 어디에 팔아 먹었나." 하는 일직사관의 말에 "보고자."라고 나도 모르게 뱉은 이 한 마디로 인해 한참 낯 뜨거운 변을 당했다. 어두워서 다행이었지 대낮이라면 정말 더욱 부끄러웠을 것이다. 확실히 경우에 따라 어둠이 좋을 때가 있다. 오직 성자들에게는 차한에 부재이겠지만 평범한 우리들에게는 감출 수 있는 좋은 무기라고 생각되기도 했다. 그래서 역사는 밤에 이루어진다는 어휘가 생긴지도 모를 일이다. 물론 이 경우에 해당되는 것은 아니겠지만.

이야기가 빗나갔지만 이 일직사관에게는 전번에도 차려 자세에서 침을 뱉었다는 이유로 토끼뜀을 하고 일주간 동안 고통을 맛보았던 일도 있었다. 인간사에서는 어느 한곳에서 오래도록 종사하는 업무에 대해서는 권태가 따르기 마련이지만 군 생활에서 권태기가 올 때는 환멸의 비애가 우심할 것 같다.

제00사단에서 근무하던 최 일병은 당시 S대학 4학년 재학 중에 입영한 학보병이다. 대법원에 상고했으나 기각되어 사형 확정이란 신문 아닌 구문을 통해서 기사를 읽고 동료의 한 사람으로서 동정을 금치 못했다. 작년 7월에 애인의 서신을 분대장급인 병장과 상병이 중간에서 뜯어보고 그 내용을 공개하고 조롱까지 서슴지 않았음은 물론이고, 이를 중대장에게 탄원한 최 일병에게 도리어 심한 보복의 구타로 답을 대신했다. 이에 격분한 최 일병은 M1 소총으로 두 상사를 사살했던 것이다. 그동안 대학생들의 진정서와 탄원서가 법원과 기타 관계 요로에 전달했지만 허사가 되고, 끝내는 사형 확정의 언도가 내린 것이다. 정말 비통한 일이다. 게다가 오늘은 남방 한계선 곧 우리 GOP 대대, 중화기 중대 제1소대 지뢰지대 부근에서 사단 수색중대에 소속된 두 병사가 제초작업 중 지뢰폭발로 인해서 1명 즉사, 1명 부상을 당한 불상사가 일어났다.

국가와 국민을 위해서라는 구호 아래 숨져간 사람들의 숭고한 정신을 외면할 수는 없다. 그러나 따지고 보면 속 좁은 견해일지는 모르지만 현대사회일수록 남을 위해서 희생한다는 말은 과장에 가깝지 않을까. 불행하게 숨져간 사람들의 명복을 빌겠지만 슬픈 일임에 틀림없다.

전쟁도 아닌 지금 그처럼 허무하게 생을 마친 이들을 생각할 때 인간의 하잘것없는 존재가 불쌍하기도 하다. 지금까지 키워온 부모들의 마음을 상상해 보면서 고된 하루의 막을 내리며 눈을 감아 본다.

1963년 3월 3일 01시 불침번 근무하면서

내 젊음의 소중한 한 모퉁이

내가 경대 학보사 입사시험에 응시하게 된 동기는 기자라는 어떤 사명감이나 장래 사회에 진출하여 기자생활을 하겠다는 포부, 대학 생활을 의미 있게 보낸다는 것도 부차적이고 물질적 이득을 염두에 둔 것이었다. 2년 가까운 기자 생활이 의식주 생활에 큰 보탬이 된 것은 숨길 수 없는 사실이었다. 휴강이 명강의였던 시절, 1959년 2학년, 정치적인 측면에서도 혼란기였지만 열악한 대학생활에서 그래도 활력을 불어넣어 준 것이 기자 생활이었다.

지금도 그렇지만 연구에 몰두하는 교수가 극소수였던 그 당시에 원고 청탁해서 글을 얻는 일이 결코 쉽지 않았다. 약속 날짜에 방문하면 이번에는 도저히 쓸 수 없으니 다음 기회에 보자고 할 때가 가장 곤혹스러웠다. 이것도 처음 입사해서 올챙이 기자 시절이었고, 후배들이 입사하면 이 몫은 면제되었다. 처음에는 문리대 파견 기자이기에 단과대학에 관한 것만을 취급했지만 이것 역시 쉬운 일은 아니었다. 게다가 경북인쇄소에 교정보러 갔을 때, 인쇄공들 특히 식자공보다는 조판하는 사람들이 얼마나 고자세인지 대학생 신분인 우리들로서는 감당하기 어려운 고비도 많았지만 이것도 좋은 추억으로 남아 지금은 도리어 그때가 그리워지기도 한다.

중국 음식점에서 같이 짜장면 시켜 먹던 그때 그 맛을 이제는 느낄 수가 없게 되었다. 직무상 상하가 엄연했던 분위기에서 기자들 간의 인간관계도 당시에는 순조로웠던 것만은 아니었지만 그것조차도 이제 와서는 서로 만나게 될 때 기쁨이 앞서는 것은 분명 연륜의 탓이리라 여겨진다. 당시에 기자들은 나름대로는 자부심이 대단했고, 그로 인해 인화 단결은 기대치에 미치지 못했던 것도 사실이었다.

따지고 보면 자기 자신이 좋으면 다 좋게 되지만 미숙한 젊음의 한 모퉁이에서 별것 아닌 자존심 때문에 인간관계를 원만하게 유지하지 못했던 때가 많았던 것을 고백하지 않을 수 없다. 취재부장이 되면서부터 고정란인 '첨성대'를 집필할 때의 일이다. 월급날이 되면 캠퍼스에 요정 마담들의 출입이 눈에 띌 정도로 심해서 관계된 교수들을 신랄하게 비판한 일이 있었는데 이로 인해 교수사회에서는 심기가 매우 불편했던 때도 있었고, 박정기 총장 시절 인터뷰하러 갔을 때 "나는 기자들만 보면 마음이 편하질 안 해." 하던 말씀이 지금도 기억에 생생히 남아 있다.

그로 인해 그 후 사회에서의 기자생활을 염두에 두지 않게 되었고, 대신 대학에서 두 번에 걸쳐 학보사 주간을 4년 8개월 동안 무난하게 수행할 수 있었다. 한번은 도서관에 대한 문제점들을 '첨성대'란에 거론했는데 도서관 아르바이트 학생들을 비롯해서 직원들까지 항의하는 소동도 겪었지만 끝까지 굽히지 않았던 일도 있었다. 또한 황선봉 편집국장이 능란하고 익숙한 솜씨로 편집하는 것을 보았는데 이분은 신문을 위해서 태어난 사람이 아닌가 할 정도로 나에게는 깊은 인상으로 남아있다. 나의 최초의 단편소설 「바람만 분다」가 연재되었던 일은 도저히 잊을 수 없는 아름다운 과거사로 각인되고 있다.

바쁜 기자생활에서도 강의는 한 번도 빠지지 않고 경청하면서 학생으로서의 의무는 철저히 이행했다고 생각되지만 약간의 일탈을 했더라면 더 좋은 낭만적인 면들이 경험으로 축적되지 않았을까. 사실 나에게 기자생활은 내 젊음의 한 모퉁이를 아기자기하게 장식해 주었다. 바쁘고 고된 나날이 내 삶을 더욱 단단하게 만들어 주었고, 의지력도 키워 주었다. 학교생활을 마치고 오면서 과외 학생을 지도하고, 또 집에 오면 대기 중인 학생을 가르치고, 저녁 식사를 마치면 한 군데 들러 개인지도하고 그리고 내 공부 하다 보면 밤 12시 이전에 잠자리에 든다는 것은 상상하기도 힘들 지경이었다.

이것이 습관이 되어 정년퇴직한 지도 2년이 지나고 있지만 늦게 잠드는 생활은 계속되고 있으며, 지금은 새벽 4시 30분이면 일어나 새벽기도로 하루를 시작하게 된다. 대학 시절의 생활은 안타깝게도 내 공부하는 시간보다는 가르치는 데 더 많은 시간을 빼앗긴 셈이다. 물론 경제적인 측면에서 많은 보탬이 된 것은 말할 나위도 없다.

원래 내 형편으로는 대학 입학은 불가능한 일이었다. 먹고살기도 힘든데 대학에 입학한다는 것부터가 크나큰 사치였기 때문이다. 그 와중에서도 시간을 할애해 가면서 공부할 수 있었던 기회가 교수생활로 이어졌다고 보고 있다. 지나온 일들을 새삼스럽게 들춰서 글로 쓰려니까 그때는 용서가 되지 않았고, 또 이해하기 힘들었던 상황까지도 이제와 돌아보니 모두가 아름답고 기쁨으로 와닿는 것은 내가 그만큼 늙었다는 증거인가 보다.

1년 선배였던 김현태 총무부장이 그리워지는 것은 그의 너그러운 인간성의 결과라 판단된다. 꼭 한번 만나고 싶은 얼굴이다. 또 잊을 수 없는 한 가지는 사환으로서 학보사 일을 거들던 김웅도. 그는 얼마나 세심하게 일을 잘하는지, 그때도 칭찬을 받았지만 지금도 경대 학보사를 말할 때 그를 빼 놓을 수 없는 인물이 된 것도 그의 성실성의 소치라 여겨진다.

학보사가 나의 진로에 영향을 준 것은 문예현상공모에 응모한 작품 가운데서 시 부문을 내가 초심을 보게 되었는데 연필로 등급을 매겨 청마 유치환 시인에게 결심을 부탁했더니 내가 심사한 것과 동일한 결과에 확신을 갖게 되었고 후에 평론으로 문단에 데뷔하게 된 동기가 되기도 했다.

아무튼 나의 기자생활은 내 젊음의 한 모퉁이를 장식하면서 많은 지식과 체험을 남겨 주었다. 지금도 확연하게 내 뇌리에 담고 있다는 것만으로서도 그때의 기자 생활은 내 인생을 풍부하게 만든 요인임에 틀림없음을 확인시켜 주고 있다.

자라 보고 놀란 가슴

한평생 살다 보면 희한한 일들도 겪게 마련이다. 양심대로 진리 속에서 벗어나지 않는 생활을 한다고 해서 좋은 일만 있는 게 아니고, 그와 반대의 생활을 하는 사람들에게도 궂은 일만 일어나지는 않고 있다는 것을 우리는 실제로 경험하고 있다. 그 숱한 이야기를 짧은 지면에 다 올릴 수는 없지만 지금까지도 뇌리에 남아서 습관처럼 되어 버린 한 가지 사건이 있다.

등기소에 볼일이 있어 안전한 곳에 주차를 해 두고, 일을 마친 다음 주차장에 와서 보니 내 차가 없어진 게 아닌가. 순간 과거에 있었던 일이 생각나면서 황당한 내 모습을 보고 놀라움을 감추지 못했다. 또 차를 도난당했구나, 이를 어찌하면 좋지? 다시 차분히 찾아보기로 했다. 거듭 확인을 해 보았지만 차는 보이지 않았다.

경찰서에 신고를 하려다가 한 번 더 찾아보기로 했다. 똑같은 주차 공간이 두 군데 있는 것을 모르고 한쪽만 찾다가 이렇게 된 것이다. 다른 블록에 가서 보니 내 차가 거기 있지 않은가. 얼마나 반갑던지 단번에 기분 전환이 되면서 안도할 수 있었다. 지금까지도 고속

도로를 주행하다가 휴게소에 주차해 두고는 차를 확인하는 버릇은 여전하다.

88올림픽 개최에 즈음하여 스텔라 차가 많이 출시됐을 때 나는 할부로 차를 구입했다. 유난히도 새 차라서 그런지는 몰라도 눈에 띌 정도로 깨끗하고 윤이 났다. 반월당 근방에 위치한 백화점 지하 주차장에 주차하려니까 공간이 좁아서 제자리에 주차할 수가 없었다. 키를 꽂아 놓고 가라는 안내원의 말대로 하고 쇼핑을 마치고 나와서 출차를 하려니까 키가 없어졌다.

안내원에게 항의를 했지만 자기도 모르겠다고 했다. 차를 잃어버리지 않았으니 회사는 책임이 없다는 것이다. 집에 가서 여분의 키를 가져와서야 돌아올 수가 있었다. 내 직장을 알아서 기회를 보아 차를 훔쳐 갈 것 같은 예감이 들어서 여러 기사들에게 자초지종을 이야기했더니 한결같이 괜찮다는 답이다. 나는 께름칙해서 키를 교체하고 싶었는데 그것을 이행하지 못한 것이 실수가 되고 말았다.

그 후에 나는 직장 주차장에 주차할 때 맨 안쪽에 주차해 놓고 앞차가 나가지 않는 한 출차 못 하게 주의를 해 왔다. 그런데 어느 날 건물 4층에서 주차된 내 차를 확인하는 중에 내 앞에 주차한 차가 나가자마자 키가 큰 남자가 내 차를 몰고 나가지 않는가. 나는 고함을 질렀지만 4층에서 주차장까지 내려오는 동안에 벌써 차는 멀리 사라지고 없었다. 그때는 핸드폰이 없었던 때라 연락이 제대로 이루어지지 않아서 피해를 줄일 방법이 없었다.

월급으로 생활하는 처지에 그것도 할부로 구입해서 6개월이 지날 무렵에 도난을 당했으니 그때의 당혹감은 말할 수 없었지만 나는 그런 것에는 약간은 익숙해 있어서 빨리 잊고 중고차를 사서 대체했다. 2년이 경과하고 할부금도 다 지불한 때에 가창 가까운 파출소에서 전화가 왔다. 차 번호판은 새로 개조해 달아서 차 번호는 알 수 없었지만 엔진에 새겨진 번호를 보고 차주를 추적한 결과 내 소유라는 것을 알고 연락을 한다면서 냇가에 차가 전복되어 있는 것을 견인해서 정비공장에 갖다 놓았으니 빨리 처리하라는 것이다. 간단한 경위를 써 주고 차를 찾게 되었다. 250만 원으로 정비하여 300만 원을 받고 팔았으니 50만 원을 건진 셈이다.

그 후부터는 주차만 해 놓으면 확인하는 버릇이 나도 모르는 사이에 습관이 되어 버렸다. 음식점이나 또는 어떠한 곳에 주차하더라도 차를 남에게 맡기지도 않지만 키를 꽂아 두라는 말에는 거부감이 들어 따르지 않을 때가 많고, 내가 직접 안전한 곳에 주차해 두고 볼일을 보게 된다. 글을 쓰게 된 지금은 객관화된 사실을 서술하고 있지만 그때의 참담한 심정은 말로 표현하기가 쉽지 않았음을 고백하지 않을 수가 없다. 자라 보고 놀란 가슴 소댕(솥뚜껑) 보고 놀란다는 속담이 나에게 딱 어울리는 표현인 것을 새삼 음미하면서 세상이 아무리 악하고 도둑이 활개치더라도 나만은 질서를 지키며 살아가노라면 남이야 알아주든 말든 정직하게 산 보람을 스스로 느끼는 것도 무익하지만은 않을 것이다.

그러기에 한평생 정직하게 진리를 쫓으며 살아가더라도 예기치 못한 놀랄 일은 생기게 마련인 것을 깨닫는 데 많은 세월이 소요된 셈이다. 그렇더라도 성경에 기록된 말씀대로 살려고 노력하는 사람에게는 항상 기쁜 마음으로 생활할 수 있는 길은 열려 있는 것이다. 세상이 아무리 어지럽더라도 단 하루를 살더라도 바르게 살아야겠다는 결심에는 조금도 여지가 없다.

소멸과 이동

    화학에서 말하는 질량보존의 법칙을 원용하지 않는 한, 또한 설령 그렇더라도 소멸과 이동은 판이한 차이가 있다. 물질이 불에 타서 없어지는 것은 개인뿐만 아니고 국가적으로도 손실임에 이의를 제기할 사람은 없을 것이다. 그러나 국내에서 법 절차에 의하지 않고 개인의 재산이 타인에게로 이동되는 것은 개인에게는 불이익이 되지만 국가적 차원에서는 손해될 것은 없다.

    누구나 살다 보면 남에게 속기도 하고 도난을 당한 경험을 갖게 마련이다. 도적도 또 다른 도적에게 도난을 당하기도 한다고 하지 않는가. 나에게도 이로 인해 마음이 상한 때가 있었다. 초등학교 5학년 때 외척 되는 아저씨가 방문해서 어머님께 공손히 인사를 하면서 친절을 베풀었다. 어머님이 "우리 집에 좋은 손목 시계가 있는데 가용에 필요하니 자네가 좀 팔아 주게나."라고 말했고 아저씨는 의심을 덜기 위해서 나를 데리고 가겠노라 했다.

    옛날 내당동 사보이 극장 건너편 어떤 상점으로 들어가면서 주인에게 이야기 해 두었으니 잠시만 여기서 기다리라고 했다. 나는 아무런 의심 없이 기다리기만 했다. 한참을 기다렸지만 아저씨가 나타나지 않자 상점으로 들어가서 어떤 아저씨가 손목시계를 팔러 오지 않았느냐고 물었더니 안 산다고 하니까 그냥 나가 버렸다는 것이다. 그러니까 다른 문을 통해 나를 따돌리고 나가 버린 것이다. 빈 마음으로 집에 와서 어머님께 사실대로 말씀드렸더니 그놈이 사기를 쳤구나 하시면서 매우 언짢아하시던 기억이 지금도 생생하다.

그 외에도 살아가면서 가까운 사람에게 돈을 빌려 주었다가 못 받은 것은 부지기수라 말하기조차 쑥스러워 접어 두고 도난 당한 이야기를 해 보기로 하자. 가장 기억에 남은 것은 어머님을 모시고 신혼살림을 꾸려 갈 때의 일이다. 내당동 호서 양조장 뒤편에 집을 장만하여 사랑채에는 전세로 다른 식구들이 살았고, 큰방은 어머님이 차지하시고, 우리는 마루를 건너 중간 방에 거처하고 있었다.

주일 교회에 다녀오니 우리 방이 그야말로 쑥대밭처럼 되어 있었다. 1960년대라 그때는 옷도 돈이 되는 시절이라 결혼 때 새로 마련한 옷들과 아내의 옷, 그리고 패물들을 모조리 싹 훑어갔다는 표현이 맞을 정도였다.

나는 그때 고교 교사였는데, 월요일 출근하려니까 밤 예배드릴 때 입고 갔던 잠바 차림으로 나설 수밖에 없었다. 젊은 교사의 세련되지 못한 옷매무새가 눈에 거슬렸는지 교감 선생님이 물으셨다. 자초지종 말씀드리고 곧장 양복점으로 가서 옷을 맞추었다. 당시에는 파출소에 신고도 하고 현장 검증도 했지만 도적을 잡을 수는 없었다. 그 당시에는 황당했던 것도 사실이지만 빨리 잊어버리고 새 출발 한다는 각오를 다지기도 했던 일이 있었다. 그 외에도 몇 번의 금전적 손실은 있었지만 나를 심각한 경지로 이끌지는 못했다.

최근의 일이다. 역시 주일 밤 예배를 마치고 귀가해 보니 우리가 거처하는 큰방 문이 열려 있고 온 방이 어지럽게 널려 있었다. 지금 살고 있는 집은 다가구 주택이라 도난에는 별로 신경을 쓰지 않았던 것이다. 그날 대낮에 1층에 살고 있던 젊은 아기 아빠가 담배를 피우기 위해 2층 아래 계단에 앉아 있었는데 전혀 면식이 없는 사람이 2층에서 내려와 아차 하는 생각이 들었지만 "오늘은 일 안 가십니까?" 여유 있게 말하면서 내려오는 자세에 그만 엉겁결에 "예" 하고는 그냥 도적을 보내고 만 셈이 된 것이다.

너무나 가까이에서 보았기 때문에 경찰서에 가서 범죄자들의 사진대조에서 색출해 내었지만 주소불명으로 기재되어 있어 결국 찾을 수는 없었다. 학장 퇴임 때 받은 금 열쇠, 정년퇴임 때 받은 금붙이, 막내아들 결혼 예물로 마련해 두었던 보석류 몇 점, 아내의 장신구 일부 등이 도난 품목이었다. 그 후에 한동안 A4용지에 '알림! 도적이 와서 몽땅 가져갔습니다. 주인' 이란 쪽지를 현관에 붙여 두고 외출하기도 했다.

살아가면서 많은 일들을 겪고 보니 마음의 여유가 생겨서인지 도난당해도 아깝고 안타까울 만큼 충격으로 다가오지는 않았다. 평소에도 그런 생각은 갖고 있었지만 불에 타서 없어지지 않고 나보다 살기 힘든 사람의 손으로 이동되었으니 개인적으로는 약간의 손실이 되더라도 국가적으로는 수평 이동되었을 뿐이므로 손해될 것이 없다는 논리로 위로 받은 일이 있다.

남의 것을 내 것처럼 여기는 사람을 미화시키거나 옹호할 뜻은 결코 없지만 사노라면 억울한 일도 많이 당한다. 도적 맞은 것을 이동으로 생각하면서 살아가는 것도 삶의 한 방법이 아니겠는가.

어색한 만남

어느 날 40년이 지난 제자와의 만남이었다. 내가 공업고등학교 야간부 기계과 3학년 담임을 한 때가 있었다. 당시에는 모두 가난해서 배우기 힘든 때였다. 그때 실장이었던 학생과 중도에 학업을 그만두려는 학생을 내가 권유해서 학업을 계속한 인연으로 뚜렷하게 기억하고 있고, 지금은 거부가 되어 서울에서 스승의 날에는 꼭 선물을 보내오고 있다. 졸업 즈음에 실장과 또 한 학생의 공납금을 담임인 내가 대납해서 졸업시킨 기억은 어렴풋이 떠오르지만 확실히 기억이 나지 않고 있다. 그는 내 거취를 속속들이 알고 있으면서 10년간이나 선생님을 만나 뵙고 싶기는 한데 용기가 없어 기다리다가 이제 연락을 하게 되었다는 것이다.

이름은 조금 기억되는데 얼굴과는 매치가 되지 않았다. 백화점 앞에서 만나기로 약속하고 저는 나를 알고 있겠지만 내 인상착의를 전화로 알려 주었다. 걸어오는 모습에서 짐작하고 만나서 서로 안고 기쁨의 재회를 가졌다. 저녁 식사시간대라 커피숍에 들르지 않고 바로 식당으로 향했다. 그는 여러 공기업과 대학교에서 기사로 근무하다가 퇴직한 70세 제자였다. 그는 고교 졸업할 때 공납금을 대납해 주서서 무사히 졸업했고, 졸업 전에 취업이 결정되어 몇 달 후에 대납한 공납금과 선물을 사서 선생님 댁에 찾아가서 선생님의 모친과 사모님도 뵙게 되었다는 이야기를 들려주었다. 나는 깜깜했다. 전혀 기억되지 않아 머뭇거릴 수밖에 없었다. 정말 당혹스럽고 머릿속이 하얗게 되면서 행동이 불편했다.

나도 75세 즈음에 경북중학교 3학년 5반 담임 선생님이 생존해 계신다는 소식에 수소문해서 거주지를 확인하고, 나의 저서와 선물을 가지고 방문한 일이 있었다. 50년이 넘게 지났으니 잘 모르리라는 예상이 들어 6명이 졸업할 때 찍은 제법 큰 사진도 지참해 갔다. 아니나 다를까 전혀 몰라보는 것이다. 큰절을 하고 인사를 드리면서 사진까지 보여 드렸는데, 그때 서문로에 전세로 살던 선생님은 그 이웃에 살던 부잣집 학생은 즉각 알아보고 안부를 물었다. 그 친구는 교통사고로 세상을 떠난 지가 수십 년이 되었다고 알려 드렸다.

문제는 실장이면서 미진한 학생들에게 수학을 과외시키며 강사 노릇한 나를 모르는 것을 보고 조금 불쾌했었던 기억이 생각났다. 내가 지금 그 처지가 되었으니, 사람의 기억력에도 한계가 있고, 세월이 변화시키기도 하고 망각의 그늘도 엄연히 상존하고 있음을 깨닫게 해 주었다. 제자와 헤어진 후 그날 바로 귀가해서 미안한 마음을 다음과 같이 문자로 보냈다.(그날 폰으로 둘이 찍은 사진을 한 컷 곧장 보내왔다.)

오늘 만남 너무 기쁘고 즐거웠네. 자네에 대한 기억이 뚜렷하지는 않았지만 제자라는 그것만으로도 나는 자랑스럽고 기분 상승이 된다네. 사진이 더 진실로 다가오네. 또 연락하세. 건강하게 잘 지내게. 안녕.

이 문자를 보내자 곧장 답장이 왔다.

　　영원하신 선생님 감사드립니다.

　나도 80세까지 전공은 달라도 학과 교수였기 때문에 또 배운 과목도 몇 개 되어서 스승으로 모시고 일 년에 한두 번씩 식사 대접하다가 지금은 거동이 불편해서 만나지 못하고 있다.

　한편 인문계 고등학교에서 교편을 잡은 때가 있었는데 내가 담임을 안 했지만 내 과목을 들은 제자가 시인으로 성장해서 문협회장이 되었다. 그때 서로 가까이 지내게 되어 그가 부탁만 하면 원고를 보내 회지에 게재하곤 했다. 명절과 스승의 날에 선물을 보내오기를 수년간 계속했는데, 받을 때마다 조금은 부담스러웠다. 나이가 70이 되었으니 받는 것이 반갑지 않고 짐스러우니 이젠 그만두자고 강권해서 접어 두고 있다. 그러나 서울에서 거부가 된 두 제자는 지금까지도 스승의 날에는 선물을 꼭 보내오고 있다. 이들에게도 70이 되면 그만두자고 말하리라.

　스승과 제자는 마음은 변할 수 있어도 관계는 불변이다. 강산도 시간의 흐름에 따라 변한다고 하지만 짧은 생애를 살아가는 유한한 우리에게도 외모의 변화와 그 생생했던 기억력이 쇠퇴되는 것은 막을 수가 없음을 절감하고 있다. 남은 생애는 하루를 살아도 바로 살아야겠다고 다짐하면서도 서글퍼진다. 제자를 몰라볼 때가 더 우심한 것 같다.

밴쿠버공항에서 받은 큰절

1997년 여름. 나는 대구·경북지역 전문대학 교육협의회 회장으로서 지역 학장 부부 16명과 함께 캐나다 여행을 가게 되었다. 미국 포클랜드 공항에 잠시 기착했다가 밴쿠버로 가는 비행기편이었는데, 여행사 TC가 블랙리스트에 등재되어 즉시 한국으로 되돌아 가야 하는 예상 밖의 일이 벌어졌다. 또 일부 학장들은 미국 비자가 없어서 공항 내에 있는 한정된 구역에서 기다리다가 함께 밴쿠버행 비행기를 탑승했던 일도 있었다.

미국이라는 거대한 나라가 이룩된 것이 결코 우연이 아니고, 이와 같이 치밀하고 정확한 정보를 보유하고 또 그것을 철저하게 실천에 옮기는 힘들이 결집되어 있을 뿐 아니라 그것을 운용하는 사람들의 자기 책임감과 자기 역할의 한계를 알고 실현하는 빈틈없는 의지들이 여기에까지 미치고 있음을 보고 새삼 경탄하기도 했다. 밴쿠버 공항에 도착하여 짐을 찾아 일행과 함께 나오는데 얼굴이 익은 중년 신사가 내 앞에서 공항 바닥에 엎드려 큰절을 하는 게 아닌가.

나는 너무나 당혹하여 "아이, 이 사람 김 군, 일어나게." 하면서 일으켜 세웠다.

"선생님, 저 김경훈(가명)입니다. 너무 많은 세월이 흘렀습니다. 진작 찾아뵙지 못하여 죄송합니다. 선생님의 은혜에 보답도 못하고 이렇게 여기서 만나 뵙게 되었습니다."

여러 학장 부부들과 공항 여행객들이 이 광경을 보면서 지나가고 있는 장소도 그는 아랑곳하지 않았던 것이다. 한편 김 군을 보니 반갑기도 하고 한편으로는 연세가 많은 여러 학장들에게 미안하기도 했다. 이어 "선생님이 그때 마지막 학기 공납금을 대납해 주셔서 제가 졸업을 할 수 있게 된 것 아닙니까."라고 말했다.

전혀 기억하지 못하고 있는 부분까지 들추어내어 회상시켜 주었다. 김 군으로서는 할 수 있는 최대한의 예의를 이렇게 보답하는 것으로는 모자란다고 여겼으리라. 옆에서 부러운 시선을 보내는 분들도 있음을 감지할 수 있었다. 또 어떤 학장이 "좋은 제자를 두었구나. 그 스승에 그 제자구먼." 하고 낮은 음성으로 말한 게 내 귀에까지 들렸을 때, 나는 순간 부끄럽기도 했다. 내가 과연 그런 말을 들을 자격이 있는가를 반문해 보았기 때문이다.

나도 환갑이 넘은 나이에 생존해 계시는 은사들에게 스승의 날에 찾아가 머리가 하얗게 센 제자가 머리카락이 덜 센 스승에게 큰절을 올리며 환담했던 일들이 오버랩되기도 했다.

모두들 무슨 영문인지를 몰라서 호기심에 찬 궁금증이 그들 마음속에 자리 잡고 있음을 넉넉히 짐작할 수 있었다.

1970년 K공업고등학교 야간부 3학년 기계과 3반 담임교사로 봉직할 때다. 그러니까 약 27년의 세월이 흘러간 셈이다. 김 군은 그때 실장(반장)을 했는데 사실 그때는 가난에 허덕이며 낮에는 일하면서 공부하는 학생들인데도 정말 그렇게 착실할 수가 없었다. 비록 가난했지만 겉으로는 전혀 위축되지 않았던 그리운 얼굴들이었다.

나도 30을 겨우 넘겨 정의감과 장래 희망에 부풀어 있을 때, 이들과 만나 동류의식에서 쉽게 공감대가 형성될 수 있었다. 얼굴이 비치는 죽 사발 앞에서도 희망을 잃지 않았던 나로서는 나의 작은 체험들을 수업시간에 거침없이 전달했고, 이들은 피곤한 몸을 이끌고서도 눈의 초점이 흐려지지 않았다. 어떠한 역경과 고난이 따르더라도 정직과 성실, 근면성은 잃지 않도록 당부한 것은 지금도 내 생활신조가 되고 있다. 그때는 공납금을 제때 납부하는 학생들은 극소수였고 사립고등학교 담임교사의 제일 순위는 공납금을 얼마나 많이 수납토록 하느냐로 평가하기도 했다.

71년 3월 졸업 때가 되었는데, 실장이던 김 군이 공납금을 다 청산하지 못했던 것 같다. 사실 이 부분은 나로서는 무슨 도움을 주었다고 생각은 되지만 공납금을 대납해 주었다는 사실은 이날 공항에서 김 군의 입을 통해서 비로소 알게 되었지만 지금도 그런 기억이 상기되지 않고 있다.

졸업 후 25주년이 되는 어느 날 졸업생들이 생존해 계시는 선생님들을 초청하는 행사가 있었다. 물론 그때 나는 학장으로 재직 중이었는데 그 자리에 참석하여, 우리 반 학생들을 만나게 되었다. 얼마나 반갑던지 서로 눈에 눈물방울이 맺히지 않을 수 없었다. 그 자리에서 김 군의 소식을 물었더니 캐나다에서 경주용 자전거를 판매하는 대리점을 운영한다는 사실을 알게 되었고, 내가 머잖아 학장들과 함께 캐나다 여행을 한다는 계획을 알려 주었더니 서울에 거주하고 있는 박 군이 그 자리에 참석했다가 김 군에게 연락하여 도착시간까지 정확하게 알고 공항에 나왔던 것이다.

나는 중학교, 고등학교 교사를 거쳐 대학에 재직 중이지만 내 인생에 가장 즐거웠고 소중했던 기억은 고등학교 교사시절이었다고 생각하고, 교사가 되려면 고등학교 교사가 되라고 권하고 싶은 심정이다. 솔직히 말해서 나로서는 대학 교수는 별 매력 없는 직업이라고 생각하고 있다. 올바른 교수가 되려면 학문과 결혼해야지, 그렇지 못하더라도 최소한 학문에만 전념하는 교수가 되어야지, 3T 교수(아침에 출근해서 차Tea 한 잔, 낮에 시간 여유가 있으면 테니스 한 게임, 집에 와서는 텔레비전 앞에서 가족과 함께 즐기는 것)가 되어서는 안 된다는 게 내 견해다. 나처럼 어정쩡한 교수가 되어서는 안 되겠다는 말이다.

정말 고등학교 교사 시절 반 학생들과의 만남은 무슨 끈끈한 정이 그렇게도 진하게 묻었던지 그날의 만남은 안부를 묻고 세상살이의 형편 이야기들로 꽃피웠던 것이다. 동창회 자체의 의미가 그렇듯이 밥술이나 먹고 살 만한 사람은 모임에 참석하지만 먼 곳에 살거나, 그저 그날이 그날같이 생활하는 사람은 오지 않는 것이 상례가 아닌가. 대학에 진학하여 엔지니어가 된 사람, 사업에 성공한 사업가(사장) 등도 동석했던 것이다.

김 군은 우리 일행을 저녁 식사에 초대했는데 우리 일행 모두를 자기 스승처럼 모시고, 한국음식점에서 풍성한 생선회로 대접해 주었다. 많은 사람의 입에서 칭찬과 부러움은 말할 수 없었지만 그보다 김 군의 마음 씀씀이가 지금도 기억에서 지워지지 않고, 도리어 고맙고 대견스럽게만 느껴져 이 사실을 꼭 글로 남겨야 되겠다는 생각이 마음 한 자락에 자리 잡고 있었다. 그는 그렇게 하는 것이 스승에게 조금이라도 보답한다는 생각뿐인 것 같았다. 선생은 있으되,

스승은 없고, 학생은 있으되, 제자가 없다는 오늘날의 현실에서도
이와 같은 아름다운 소식은 현실로 다가오고 있기 때문에 이 세상은
그래도 살맛이 나는 것이리라.

Kentucky Colonel

1997년 10월 13일 Kentucky州에 속한 Murray State University 총장의 초청으로 나와 기획실장 그리고 주무부서의 과장과 함께 L.A를 거쳐 다시 4시간을 비행하여 Kentucky州의 Nashvile 공항에 도착하게 되었다. 공항에는 Murray대학에 근무 중이던 대구 출신 유 교수가 마중 나와 우리를 기다리고 있었다. 거기에서 또 자동차로 2시간쯤 달려 목적지인 Murray대학에 들어서게 되었다.

미국 대학은 별도의 캠퍼스라기보다 마을과 연결되어 있어서 어디까지가 학구내인지 구분이 잘 되지 않았다. 미국에는 여러 번 다녀 봤지만 Kentucky州에, 그것도 小都市에는 처음인 셈이다. Murray대학 총장의 초청은 유 교수의 주선으로 우리 대학과 자매 결연을 위한 방문이었다. 나의 근무처는 2년제 대학인 데 반해서 Murray대학은 4년제 대학이다. 그쪽에서 우리 대학으로 공부하러 오기보다는 우리 대학에서 Murray대학으로 유학하는 것이 주 목적인 셈이었다.

유 교수로부터 이번 방문 길에 Murray대학에서 학장님께 명예박사 학위를 수여코자 하는데 의향이 어떠냐고 물어 왔다. 나는 이미 학위를 소지하고 있는데 또 무슨 학위가 필요하겠느냐고 했더니 그러면 알겠노라고 했다. 도착하던 날 밤에 총장과 Murray市 시장과 내빈들 내외 다수가 환영 파티를 겸한 자리에서 Kentucky Colonels 榮譽勳位 액자와 Murray 시장이 주는 행운의 열쇠까지 받게 되었다.

사실 받을 때는 별로 탐탁치도 않았고, 그저 그렇거니 할 정도였다고 표현하는 것이 맞을 것 같다. 그 후에 귀국해서 액자 뒷면에 붙어 있는 설명서에는 Kentucky州에서 수여되는 최고의 영예라고 했고, 전 세계에서 훌륭한 뜻과 친교를 함으로써 Kentucky州를 대표하는 민간대사이기도 하다는 것이다.

이것은 Kentucky Colonels 위원회가 지역사회, Kentucky州, 국가 및 여러 가지 특별한 업적이 있는 사람에게 수여하는 것이다. Kentucky Colonel 자격으로서 본 위원회가 귀하의 동료들을 대신하여 귀하의 봉사성과 업적에 따라 州知事에 의해 수여된 것이다. 그리고 Lyndon B. Johnson 미국 대통령과 영국의 Winston Churchill 수상과 같은 유명한 지도자를 비롯해서 미국의 최초 우주인이 된 John Glenn과 Bing Crosby와 Red Skelton과 같은 연예인들도 포함되어 있다고 했다.

그래도 나에게는 별로 실감이 나지 않아서 한동안 덤덤하게 지냈는데 얼마 전에 모 대학 총장이 Kentucky Colonel을 받았다고 신문에 크게 보도된 것을 보고는 이 榮譽勳位가 제법 무게가 있는가 보다고 느꼈다. 나는 떠벌리기를 좋아하지 않는 성격 탓에 70년대 초에 첫 평론집이 '현대문학사' 명의로 발간되었지만 그 흔한 출판 기념회를 가지지 않았고, 학위 받았다고 떠들지도 않았으며, 2년제 대학 학장은 보직이 아니기 때문에 임기가 4년이고, 이·취임식을 가지는 것이 통례이지만 이·취임식을 해 본 일도 없고, 정년 퇴임식도 거절한 조금은 못난 사람 축에 속한다고 해야 할 것 같다. Kentucky Colonel만 해도 받았다고 누구에게 알리지도 않았으며, 조용히 액자를 집에 가져와 걸지도 않고 지내다가 퇴직 후에야 한쪽 방 모서리에 걸어 두었다.

어떤 형태의 감투를 쓰거나 또 상을 받을 때는 거기에 걸맞는 사람됨이 중요하다는 것을 늘 인식하고 있었지만 나 같은 사람이 Kentucky Colonel을 받는다는 것은 몸에 맞지 않는 의상처럼 어색하게만 느껴지면서 자신이 점점 작아져 감을 지울 수가 없다. 감투는 똑같을지라도 쓰는 사람에 따라 그 무게와 빛깔과 향기까지도 달라짐을 우리는 많이 목도하고 있지 않는가.

우리 주변에서도 사람보다 감투가 너무 커서 꼴불견인 모습들을 볼 때 연민의 정이라기보다는 민망하기 짝이 없음을 체험하고 있지 않는가. 나처럼 감투도 아닐 뿐만 아니라 남에게 피해를 주지 않는 경우도 있지만 국민에게 고통을 안겨 주는 경우가 더 지탄의 대상이 되고 있다. 분수에 넘치는 짓은 비록 성취되었다 하더라도 도리어 욕이 되는 상황을 실감하고 있는 터라, 나 역시 Kentucky Colonel은 내 몸짓에는 조화가 되지 않고 있음을 고백하지 않을 수 없다.

우리 모두 세월을 갉아먹고 사는 처지인데 과욕을 버리고 자기에게 맞는 옷을 차려 입고 산뜻한 기분으로 살아가는 지혜를 터득하는 것이 멋진 삶의 한 방법이 아니겠는가.

가나안 복지福地

  금년 4월 말경에 카다르 비행기에 탑승하여 카다르 수도이며 미국 중부 사령부가 위치한 도하를 거쳐 카이로에 안착하게 되었다. 흔히들 얘기하는 피라미드나 스핑크스 등은 차치하고 박물관에 들렀다. 옛날 문명의 발상지답게 화려했던 왕들의 모습과 유물들을 보면서 "헛되고 헛되며 헛되고 헛되니 모든 것이 헛되도다."(전도서 1:2)라고 설파한 솔로몬의 예지를 떠오르게 했다. 그도 왕으로서 모든 영광과 영화를 누렸지만 그 모든 것의 결론을 위와 같은 말로 요약하고 있음은 이집트의 박물관에 소장된 모든 것들도 이 범주에 속한다고 생각되었다.

  나의 주변에서 일어나고 있는 일상사 중에서도 두세 살 아래인 사람이나 두세 살 위인 사람까지도 낙엽처럼 하나씩 떨어져 생을 마감하는 것을 보면서 아웅다웅한다든가 하잘것없는 지식을 자랑한다든가 조그마한 물질을 소유했다고 해서 으스대는 몰골들이 더욱 부질없이 느껴지는 것도 연륜의 탓이겠지만 하루를 살더라도 남에게 유익을 끼치며 정직하고 성실하게 살아야겠다는 다짐을 더욱 공고히

해 주었다.

"해 아래서 수고하는 모든 수고가 사람에게 무엇이 유익한가."(전도서 1:3) 이어지는 솔로몬의 자탄이 절실히 공감되는 것도 예사롭지 않게 받아들여지고 있다. 천 년이나 만 년이나 죽지 않고 영원히 살 것처럼 남에게 베풀지 않고 움켜쥐고 발발 떠는 군상들을 주변에서 보면서 그들이야말로 어리석음의 극치를 보여주는 것 같기도 했다.

이스라엘 민족이 이집트를 떠나 40년간 광야 생활을 마치고 젖과 꿀이 흐르는 가나안 복지를 향하여 요단강을 건너간 그 지역을 돌아보면서 그들이 그처럼 가나안 복지를 염원했던 이유를 넉넉히 이해할 수가 있을 것 같았다.

가치관의 기준은 절대적이라기보다 상대적이라는 관점도 여기에서는 확인되는 듯했다. 메마른 광야와 요단강 건너편 가나안 복지와는 대조를 이루는 지리적 여건이 그것을 뒷받침해 주고 있었다.

광야 생활에서 볼 때 가나안은 복지였지만 객관적인 입장에서 보면 가나안보다 더 비옥하고 환경적, 지역적 조건이 좋은 곳이 지구상에는 얼마든지 있다. 그중에 한국도 포함된다고 여겨졌다. 우리의 가나안 복지는 이스라엘의 중서부 지중해 연안에 국한되는 것이 아니고, 우리가 살고 있는 이곳이 바로 가나안 복지인 것이다.

세상에서 땅을 가장 사랑하고 소유하고 싶은 민족을 꼽으라면 단연 한국인일 것이다. 이 광야를 한국인의 소유로 등기이전시켜 준다면 어디에서 물을 끌어와서라도 옥토로 만들어버리고 말 것이라는 생각을 해 보면서 다시 한번 한국인의 끈기와 땅 소유욕의 무한한 욕망을 상상해 보기도 했다.

"한 세대는 가고 한 세대는 오되 땅은 영원히 있도다."(전도서 1:4)

그 당시 이스라엘 민족은 다 가고 없지만 땅은 지금도 말없이 세대 교체를 거듭하면서 버티고 있지 않는가. 외형적 가나안 복지는 지구 상에 많이 산재해 있지만 진정한 나의 가나안 복지는 내 속에 있다는 사실이다. 사물을 바라보는 관점은 상대적이지만 내 안에 존재하는 가나안 복지는 절대적 가치를 지닌다는 이치도 나이 먹으면서 터득한 이론인 것 같다.

늘 감사하는 마음과 기쁨과 즐거움이 넘치는 생활이야말로 나의 가나안 복지라고 굳게 믿고 살아가고 있다.

정리해 두고 싶은 글들

　나는 지상에 발표한 글에 대해서는 냉혹할 만큼 거들떠보지 않고 있다. 혹 같은 내용을 담은 글일까 해서 확인하는 경우는 가끔 있지만 나에게서 떠난 글은 이미 내 것이 아니라는 이유에서다. 그렇지만 발표한 글이 쌓여가니 그냥 묵혀 두기에는 지저분한 느낌이 들어, 정리해 두는 것도 무의미하지만은 않을 것 같다는 데 이르게 되었다. 그러나 출판하기에는 경비 문제가 가로막고 있는 현실 앞에 망설이고 있다.

　재직 때는 연구비도 받았고, 또 내가 지닌 분량에 맞게 사용했지만, 연금에 의존하는 지금의 재정 사정으로는 쉽게 실행에 옮긴다는 것은 벅찬 일이 아닐 수 없다. 그것도 한 권 정도면 그래도 용기를 내보겠지만, 무려 세 권 분량의 출판비는 감내하기 힘들어 의욕은 있지만 정리해 두기에는 내 분수를 넘는 것 같다. 출판비를 보조 받아 간행하는 분들도 보았지만 나는 한 번도 시도해 보지도 못했고, 그 방법도 모르고 있다.

　이제 틈이 나면 자문을 얻어 방법을 찾아볼 계획이다. 시 평론, 소설 평론, 수필 등의 글들이 각각 한 권 이상의 분량이라 취사선택해서 정리해 두려고 준비는 해 두었다. 나는 재직 중에 쓴 글들은 간행해 두더라도 그 이후의 글들은 출판하지 않으려고 했으나, 나이 탓인지 이것들도 내 분신이니까 남겨 두고 싶은 욕망이 재촉하고 있다.

시 평론의 경우는 「朴坤杰 詩研究」가 마음에 와 닿는 것은 그의 작품이 좋기에 글 내용도 순리대로 분석이 가능했다. 그의 전 작품을 대상으로 했기 때문에 더 충실했고, 작품에 밀착되어 정확하게 접근할 수 있었다. 박곤걸 시인이 자신의 시를 정리한 책의 제목이 되기도 했다. 그 외에도 「유병석 시세계」나 「박상륭의 문학과 인생」은 그 분량이 많아 출판할 때는 제외할 예정이다. 《대구문학》, 《죽순》지와 《대구기독문학》에 게재된 평론과 「정원호의 시세계」가 눈에 띄고, 「원로문인 작품집에 대한 평가 및 해설」이나 「대구문협 50년사」의 글은 함께 묶어 두면 어떨까 고려 중이다.

소설 평론의 경우는 대구소설계의 좀 더 왕성한 작품 활동을 격려하는 차원에서 이수남 소설가가 지적했듯이 온정적인 평가를 했으나 그 성과는 기대에 미치지 못했다고 하겠다.

최명희 소설 『혼불』 연구는 10권의 소설을 정독했지만 전 작품을 대상으로 하기에는 너무 방대해서 "삽화와 문화정보를 중심으로"만 다루었다. 평론가는 일반 독자와는 달리 단순히 재미로만 읽는 것이 아니고 메모하면서 읽기 때문에 소요되는 시간도 훨씬 길어진다.

이수남, 오철환, 정재용, 이연주의 소설들은 심도 있게 고찰했고, 송일호, 이순우, 박명호, 윤장근, 윤중리, 김광수, 김범선, 송귀익, 김금철, 문형렬, 류경희, 구자명, 제갈민, 박희섭, 장정옥 등의 소설들도 평가해 보았다. 제목들만 봐도 작품의 경향을 어느 정도는 파악할 수 있을 것이다. '견고하게 성장한 「요나의 나무」', '부단의 도전정신', '진지한 탐색과 성실한 자세', '열정과 장인정신', '성장 가능성의 산물', '투명한 작가정신', '넉넉한 여유와 잔잔한 감동', '사랑의 변주, 기법의 조화', '묘사와 표현의 탁월성', '다섯 개 에피소드의 조화', '간과할 수 없는 두 유형의 삶', '투철한 작가정신의 발로', '다양한 에피소드의 결합과 순수한 사랑의 멋', '잔잔한 감동과 여운의 미학', '예리한 작가의 시선', '서술에 충실한 작품', '건강한 사회 만들기', '새로움에 대한 탐구와 자세', '작가재능의 우월성', '「氷以花」를 아는가', '작가의 개성이 뚜렷한 작품', '치밀한 구성과 보편성 확보', '우울한 기억들과 밝음의 내재', '작가의 풍부한 어휘력과 치밀한 구성', '「탑의 연가」를 읽어 보았는가'.

　지금 나는 평론보다는 수필에 더 집착하고 있다. 평론은 이론이든 실제 평론이든 제2의 창작이라고는 하지만 순수한 작품에는 이르지 못한다는 판단 때문에 하나의 작품인 수필 쪽으로 경사하고 있는 것 같다. 나는 수필이 현란한 수사와 아름다운 문장으로 치장한 문학이라는 글보다는 각자 다양한 삶의 흔적들을 꾸밈없이 보여주는 개성이 담긴 글이 더 마음에 와닿는다. 그런 의미에서 나의 수필은 그야말로 나 자신이다. 발표하지 않은 수필이 60여 편에 이르고 있다. 이것도 정리해 두라는 욕심이 출판을 강요하고 있다. 따지고 보면 이것도 별것이 아닌데.

2부
여호와 이레

성경은 너무나 좋은 책이며 신앙의 원천을 제공해 주는 단초가 되고, 신앙의 깊이와 넓이와 높이를 더해주는 말씀으로 채워져 있다는 것을 읽을 때마다 감탄한다. 모르는 게 많긴 하지만 오늘도 성경 읽기를 멈추지 않고 있다.

그럴 줄 알았나

　'그럴 줄 알았나' 라는 말은 예상치 못한 결과에 대한 후회스러움
·이 묻어나고 있다. 미래에 대한 막말이나 단정적인 언어 사용에 각
별한 주의가 요구됨을 단적으로 지적해 주는 예이기도 하다. 불확실
한 전도前途에 무심코 뱉은 조건적 말이 엄청난 파장을 일으키는 경
우를 여러 번 보고, 또 체험하기도 했다.

　내가 다니는 교회 원로장로님은 생활에 여유가 넘칠 만큼 부유한
재산가인데 그의 부인 되는 권사님은 젊을 때부터 온갖 병은 다 지
니고 있어 그야말로 종합병원이라는 별명을 갖게 되었다. 그뿐만 아
니라 죽음의 고비를 여러 번 겪기도 했지만 80을 몇 달 앞둔 지금은
자세도 바르고 생기도 되살아나고 있다.

　주변에서는 권사님을 보면서 생명의 끈질김과 생사관계는 창조주
하나님께 속한 것임을 확인시켜 주는 사례로 꼽고 있다. 권사님이
70세 될 때 장로님이 많은 액수의 감사 헌금을 하면서 80이 될 때는
온 교인들과 주변 사람들을 초청하여 큰 잔치를 하겠다고 공언하기
도 했다. 지금도 넓은 아파트에서 아들 내외와 함께 살고 있는데 며

칠 전에 며느리가 "아버님, 내년에는 어떻게 할럽니까?" 하자, 확답 대신에 "그럴 줄 알았나."라고 응수했다.

남편 되는 장로님까지도 자기 아내의 모습에서 80을 넘기기에는 턱없는 일로 생각하고 말한 것이 이제 와서는 그럴 줄 알았나가 되고 말았다. 가능하면 맹세는 안 하는 것이 좋지만 사람이 살다 보면 서원이나 맹세를 하게 된다. 예수님께서도 맹세하지 말라고(마태 5:33-37) 가르치고 있음을 음미해도 좋을 것이다. 더구나 다급한 지경에 이르면 뒷문제는 염두에도 두지 않고, 이 문제만 해결해 주신다면 무엇이라도 할 것처럼 말해 버리고 만다.

나 역시 큰딸이 어릴 때 여러 차례 경기驚氣로 어려움에 직면했을 때 이 애만 살려 주신다면 새벽기도를 꼭 드리도록 하겠다고 서원했던 때가 있었고, 그 후 이 딸은 유학까지 끝내고, 교수 남편과 결혼하여 슬하에 딸 셋을 교육시키면서 잘 살고 있다. 나는 지금도 매일 새벽기도를 드리면서, 이 서원은 내가 노력만 하면 해결되기 때문에 기쁘고 즐겁게 하루의 일과를 시작하며 영靈 육肉 간에 건강이 보장되어 도리어 잘했다고 자위하고 있다.

가장 극단적인 예는 구약성경 사사기士師記 11장에 큰 용사이며 사사인 입다가 등장하는 부분이다.

> 그가 여호와께 서원하여 이르되 주께서 과연 암몬 자손을 내 손에 넘겨 주시면 내가 암몬 자손에게서 평안히 돌아올 때에 누구든지 내 집 문에서 나와서 나를 영접하는 그는 여호와께 돌릴 것이니 내가 그를 번제물燔祭物로 드리겠나이다 하니라

그가 드디어 승리하고

입다가 미스바에 있는 자기 집에 이를 때에 보라 그의 딸이 소고를 잡고 춤추며 나와서 영접하니 이는 그의 무남독녀라 입다가 이를 보고 자기 옷을 찢으며 이르되 어찌할꼬 내 딸이여 너는 나를 참담하게 하는 자요 너는 나를 괴롭게 하는 자 중의 하나로다 내가 여호와를 향하여 입을 열었으니 능히 돌이키지 못하리로다 하니 딸이 그에게 이르되 나의 아버지여 아버지께서 여호와를 향하여 입을 여셨으니 아버지의 입에서 낸 말씀대로 내게 행하소서

그리하여 2개월의 말미를 주어 자기 친구들과 함께 처녀로 죽음을 인하여 애곡하고 아버지께로 돌아왔을 때 입다는 그대로 실행했다.

이 외에도 소설이나 문헌에 나오는 이야기보다 더 심각한 상황이 현실에서도 나타나고 있다. 일일이 다 매거할 수는 없지만, 국민들 앞에서 굳게 다짐하며 약속한 정치인들의 경우는 표를 의식하여 뱉은 말이기 때문에 실행과는 무관하다는 그들만의 법칙이 상존하고 있다. 신뢰성과는 멀리 떨어져 호응을 받지 못하고 있는 것이 지금의 현주소다. 결단코 본받지 말아야 할 행태이다.

실로 '그럴 줄 알았나' 라는 말을 남겼으면 실천 여부가 삶의 진실과 직결되기 때문에 항상 먼 장래까지도 내다보는 안목과 생각하고 말하는 조심성이 절실히 요청되는 대목이다.

세월의 무게가 나로 하여금 말은 될 수 있는 대로 적게 하거나 침묵 쪽을 택하라고 권하고 있다. 미래에 대한 단정적이거나 통상적인 말이라도 함부로 하지 말자고 내 자신에게 다짐하고 있다.

모르는 게 많긴 하지만

나의 경우는 일상생활에서 아는 것보다는 모르는 것이 더 많음을 자각하면서 살고 있다. 신조어나 스마트폰에 관련된 용어나, 젊은이들이 사용하는 축약된 언어는 말할 것도 없고, 넘쳐나는 외래어와 생소한 외국어의 난발은 이해하기도 역부족이다.

게다가 분명히 노래이긴 한데 따라 부를 수도 없는 처지이니 아예 귀를 스쳐 지나도록 방치하고 있다. 이와 같은 상황은 접어 두고 나의 경우, 성경을 읽다 보면 모르는 부분이 너무 많아 나 자신이 실망스러움을 감출 수 없을 때도 있다. 그래도 모르면 모르는 대로 넘어가면 될 일이라고 위안을 가져 보지만 마음은 편치 못하다.

예수 믿은 지가 70년이고, 중학생 때부터 어른들이 드리는 예배에 동석해서 들은 설교가 만 번에 육박하고, 신구약성경을 70번 이상 읽었지만 읽을 때마다 모르는 부분이 나타나 이해하려고 노력하는 내 자신, 무지의 대담성에 놀랄 때가 있었다. 성경에 나타나는 에피소드들은 어느 정도는 기억되기도 하지만, 교리(진리)에 해당하는 말씀에는 무지하게 되고, 또한 실천 못 하는 나 자신이 얼마나 나약한 존재인가를 눈치챌 때가 있다.

하나님은 영이시고, 기록된 말씀들도 영적인 감동에서 비롯되었기 때문에 인간의 지식으로는 헤아릴 수가 없다는 점도 알게 되었다. 특히 사람 이름이 나열된 부분은 많이 읽어서 해결될 문제가 아니라 그냥 넘어가고 있다.

자기 인생의 대부분이 바람이라고 한 시인도 있지만, 나는 성경에서 터득한 지식과 설교를 통해서 얻은 지식이 절대적임을 고백하지 않을 수가 없다. 나의 글의 기저에는 기독교 사상이 내재해 있고, 사고에도 바탕이 되고 있음을 스스로 깨닫고 있다.

성경을 읽을 경우, 그냥 지나쳐 책장을 넘겼지만 진리 문제가 아니고, 이해되지 않는 낱말과 연관된 곳에 멈출 때가 있다. 그때는 성경 주석 책이나 한문 혼용 성경, 프라임 주석 성경, 영어 성경, 유진 피터슨이 쓴 메시지, 나아가 요세푸스의 유대고대사, 유대전쟁사까지 참고해서 이해할 때도 있었다. 그럴 때마다 천학에 머물러 있는 나 자신을 발견하고는 실소도 하지만, 요즘은 그 빈도가 우심한 것 같다.

특히 교리문제에 이르게 되면 더 깊게 들어가고 싶은 의욕이 꺾일 때가 있다. 우리 교회에서는 수요 예배 때 웨스트민스트신앙고백, 소요리문답, 하이델베르그요리문답, 벨직신앙고백, 도르트신조 등의 강해를 통해서 교리의 깊은 곳까지 들여다볼 기회가 있었지만, 강해하는 목사님의 노력만큼 수용하는 교인들의 자세에는 의문이 남기도 했다. 그럴 때마다 모르는 것은 더 이상 깊이 알려고 애를 쓰기보다 그쯤 해서 넘어가는 것도 한 방법일 거라고 선을 그을 때가 있었다.

우리는 다 알고 살 수는 없다. 모르는 부분을 너무 깊이 알려고 시도하다 보면 이단에 치우칠 수 있겠다는 우려도 없지 않았다. 그 많은 시간을 할애해서 강해를 들었지만 뇌리에 남아 있는 것은 거의 없다. 이런 관점에서 본다면 이런 교리 문제는 일반 교인들보다는 성경학자들이 연구해야 할 과제라 여겨지기도 했다. 최근에는 도르트신조의 강해 중 흥미롭기도 하고 관심의 대상이 된 부분은 10강 17조의 '유아기에 죽은 신자들의 자녀' 문제다. 창세기 17장 7절, 사도행전 2장 39절, 고린도전서 7장 14절에 근거하여 다음과 같이 분명하게 설명하고 있다.

우리는 하나님의 말씀에서 하나님의 뜻을 판단해야 하는데, 하나님의 말씀은 신자들의 자녀가, 본성상 거룩한 것이 아니라, 그들이 부모와 함께 포함된 은혜 언약 덕택으로 거룩하다고 증거한다. 따라서 경건한 부모는 하나님께서 유아기에 이 세상에서 불러 가시길 기뻐하신 그를 자녀들의 선택과 구원을 의심하지 말아야 한다.

성경은 너무나 좋은 책이며 신앙의 원천을 제공해 주는 단초가 되고, 신앙의 깊이와 넓이와 높이를 더해주는 말씀으로 채워져 있다는 것을 읽을 때마다 감탄한다. 모르는 게 많긴 하지만 오늘도 성경 읽기를 멈추지 않고 있다.

성격 탓이다

　믿음이 없이는 하나님을 기쁘시게 못 한다는 말씀을 지식으로는 받아들이지만 마음으로 또는 행동으로는 이어지지 못하는 경우를 많이 보게 된다. 나 역시 예외는 아니지만 내 딴은 그래도 하나님의 것을 내 것과 혼동하지는 말자고 다짐하면서 살고 있다. 시무장로가 절기 헌금 만 원을 봉투에 넣어 드린 사실을 사석에서 목사님을 통해서 듣고는 그럴 수가 있는가 반문했지만 실제 상황이라 말문이 막힐 지경이다.

　자신은 믿음이 좋은 사람처럼 전도도 많이 하고, 여러 성도들에게 모범이 되는 것처럼 행동을 하는데, 재정형편이 좋으면서도 헌금을 제대로 하지 않는 것을 보고는 과연 그런 사람이 믿음이 있는가? 그게 성경적인가? 하고 다시 한번 자신을 되돌아보게 되었다.

　헌금은 가진 것이 없으면 할 수 없는 게 당연하다. 그러나 많이 가진 사람이, 또 능력이 있는 사람이 인색하게 하나님의 것을 자기 것으로 확신하고 처신하는 것을 볼 때는 매우 실망스럽기도 하다. 가장 가까이에서 보아온 장로님은 입으로는 혼자 제일 잘 믿는 것처럼 과시하는데 헌금을 제대로 하는 것을 보지 못했다.

젊은 시절 개인 용달차로 영업할 때의 일이다. 보길도까지 짐을 싣고, 장거리를 운행할 때는 아내를 옆에 태우고 관광 겸 즐기면서 운전하는데, 해남 선착장에 이르자 한 사람의 운임이 아까워 아내는 남겨 놓고 자기와 짐을 실은 차만 다녀왔다고 여러 사람 앞에서 자랑 삼아 이야기하는 것을 들은 때도 있었다.

한번은 자기 승용차가 고장이 났는데 정비공장에 가면 비용이 많이 나올 것 같아서 정비 잘하는 젊은 집사에게 수리를 부탁했다. 수리 중에 부품이 떨어져 이마에 혹이 생길 정도로 수고를 하자 받지 않으려는 청년의 호주머니에 봉투를 넣어 주었다. 옆에서 지켜보던 친구들이 식사하러 가자고 졸라서, 식사를 마친 후 계산하니 식대가 3만 원이었다. 주머니에서 봉투를 내어 보니 3천 원이 들어 있어 그날 이 청년은 2만 7천 원의 적자가 발생된 셈이다.

이 이야기도 본인이 우리들에게 알려 주어서 알게 된 에피소드다. 또한 딸이 모닝차를 타고 가다가 접촉사고가 났다. 가해 차주가 30만 원을 주자 옆에 아버지 장로님이 딸에게 돈을 받아 챙기고는 딸은 그냥 보냈다. 이 장로님은 자기 주머니에 들어가면 나올 줄을 모르는 그런 분이다.

중년에 접어들어 강변에 쓸모없는 땅 3000평을 구입한 것이 세월이 흘러 노년기에 그 땅의 절반이 도로에 편입되면서 6억 원의 보상비를 받았다. 사업하는 큰아들에게 1억 원 정도 주고, 병든 아내의 병원비로 약간 지출되었으나 아내는 67세의 일기로 생을 마감하게 되었다.

주위에 있는 분들이 재혼을 권유했을 때, 자신도 의향이 있었으나 마흔을 훌쩍 넘긴 미혼의 아들과 함께 살면서 그럴 수 없다는 표면적 이유로 무산되었다. 실제로는 돈이 아까워 차일피일하다가 80을 넘겼다.

귀여운 손녀가 서울의 명문대학을 졸업하고 대기업에 수석으로 합격해서 직장생활을 시작했는데, 큰아들이 아버지가 현금을 많이 가진 것을 알고 자기 딸 전세에 쓸 1억 원 정도 보태주면 좋겠다고 간청하자 일언지하에 거절했다. 그때부터 큰아들과도 사이가 벌어졌다. 그러나 큰며느리는 최선을 다해 시아버지의 뒷바라지를 훌륭히 해 냈다. 내가 본 장로님은 평생에 남에게 대접받기를 좋아했지만 자기 돈을 남을 위해 사용하는 데는 인색했다.

장로가 되어 땅의 보상비를 받았지만 하나님의 것을 바친 일은 전무했다. 이를 지켜 본 작은아들이 어머니 권사가 죽으면서 헌금을 제대로 못 한 것이 한이 된다는 말을 남기고 가자 푼푼이 모아 5백만 원을 고인이 된 어머니 권사 이름으로 헌금한 일도 있었다.

주일이 되면 늘 10시경에 사무실에 들러 자판기에서 뽑은 커피를 마시면서 쉬었다가 11시에 예배를 드리는데, 그날따라 장로님이 보이지 않자 사무원 집사가 이상한 예감이 들어 전화를 해도 통화가 되지 않아 딸에게 전화를 해서 아버지가 교회에 오시지 않았으니 연락을 해 보라고 전했다. 근래 체육관을 경영하는 막내는 집에 오지 않고 체육관에서 기거하기 때문에 장로님 혼자서 생활하고 있었다.

딸이 큰오빠에게 알려서 집에 와 보니 이미 운명하셨다. 그렇게 아끼던 돈이 아까워 어떻게 죽었는지 모두들 슬퍼해 줄 사람은 아무도 없었다. 그 후에 들리는 소문은 통장에 현금이 4억 원이 넘게 들어 있었고, 보상 받고 남은 땅 1600여 평과 두 채의 집을 남겨 놓고 갔으니, 자식들에게는 좋은 일을 한 셈이다.

돈을 소유한 것만으로도 만족하면서 사는 사람도 있고, 가진 것은 많지 않지만 베풀며 기쁨을 누리는 사람도 있게 마련이다.

일반적으로 돈에 약한 사람은 목사와 선생님이라고 한다. 한번은 목사와 선생님이 식사를 하게 되었는데, 식사비를 누가 지불했겠는가? 질문하자 선뜻 대답을 못했다고 한다. 결과는 성질 급한 사람이 내고 말았다는 이야기가 있다. 이는 신분의 차이가 아니라 성격의 차이에서 해결할 문제로 귀결이 된 셈이다. 그렇다면 우리는 금전 문제에 대해서는 어떻게 처신해야 되겠는가. 이는 분명히 사회적 신분이나 신, 불신을 넘어 성격에서 오는 것임을 확인할 수 있다.

나는 신문지상에 온정을 베푸는 사람들과 이웃돕기 성금을 내는 분들, 그리고 교회에서 선한 일을 하는 분들을 보면서 아직도 우리 사회는 살만하다는 안도감을 갖는다. 성도들 가운데서도 힘에 겨울 만큼 헌금을 하는 분들, 불우 이웃을 위해 이름도 없이 빛도 없이 봉사하는 분들이 있는 한 우리가 사는 주변에는 밝은 빛이 그치지 않으리라.

예쁜 여자와 살려면

1

정상적인 남성이라면 예쁜 여자와 살기를 소망하는 것은 보편적이면서도 자연스러운 삶의 한 방편에 속한다고 하겠다. 이 희망사항이 실현되기까지에는 미묘한 문제들과 상관관계 그리고 여러 조건이 내재해 있음은 말할 나위도 없다. 이를 극복하고 성취한 사람의 훈훈한 얘기와 결혼에는 성공했으나 파탄에 직면한 예는 우리의 마음을 무겁게 만든다.

그러면 예쁜 여자의 모습은 어디까지인가?

여기에 대한 정확한 대답은 기대하지 않는 것이 현명한 처사일 것 같다. 첫째 제 눈에 안경일 경우는 물론 여기서는 논의 대상에서 제외되겠지만 사람마다 보는 눈이 다르고 관점과 취향에 따른 다양성 때문에 범위의 한계를 명확하게 제시할 수가 없다. 다만 최대 공약수에 의거한 개연성과 객관성 확보에 충실하고자 하는 노력이 목적에 접근하는 데 도움이 되리라는 말을 덧붙일 뿐이다.

일반적으로 예쁜 여자를 말할 때는 외모 중에서도 얼굴에 집중되는 경우가 많음을 볼 수 있다. 월궁항아月宮姮娥라 했을 때는 추상적인 묘사이기에 상상을 가미해야만 어렴풋이 형상이 떠오르게 된다. 한번 보면 정신을 빼앗겨 성城도 국가도 기울어진다는 미모의 뛰어남을 말한 경성경국傾城傾國이니, 하늘도 질투한다는 천투가인天妬佳人, 인구에 회자되는 중국의 미인들 서시西施, 양귀비楊貴妃, 왕소군王昭君, 초선貂蟬 등의 화려했던 짧은 생애와 비극적인 종말 등은 지면을 할애하기로 한다.

탈무드에는 자기보다 예쁜(매력적인) 여자가 나타났을 때 이혼사유가 된다고 할 정도이니 아름다움의 가치를 넉넉히 짐작할 수가 있다. 지금은 성형미인成形美人이란 신조어가 생길 만큼 외모에 관심을 쏟는 것도 주로 얼굴 모습의 미인화를 꾀하고 있다는 근거를 제시하고 있다. 서울 강남에만 470(2017. 12. 현재)곳의 성형외과가 성업 중이라는 보도를 보면 예쁜 모습을 갖추고자 하는 열망의 폭을 확인할 수가 있다. 헤어스타일에서부터 두상, 이마, 눈썹, 눈, 코, 뺨, 입(술), 치아(이빨), 목, 손까지를 통합하여 아름다움의 측도로 삼는 경우를 문헌에서 보게 된다. 그것도 그럴 수밖에 없는 것은 속 모습은 옷으로 가려져 있기 때문에 나타난 부분은 얼굴이고, 조금 더 보태면 보이는 키가 첨가될 것이다. 과학적으로는 그 수치까지 제시할 수 있겠지만 일반인들의 상식 범위에서는 기준을 마련하기가 쉽지 않은 것도 현실이다.

문헌에 가장 거시적으로 묘사된 예는 솔로몬에 의한, 솔로몬을 위한, 솔로몬에 대한 노래를 뜻하는 솔로몬의 노래 중의 노래(song of songs) 곧 구약성경 아가雅歌에 등장하는 술라미 여자를 두고 묘사한 부분이다.

이 직유법을 사용하여 묘사한 표현이 조금도 어색하지 않고 실감을 더해 주는 것은 뛰어난 문장력을 지닌 탁월한 재능의 결과이리라. 그렇지만 이것만 가지고는 예쁜 여자의 전모全貌는 아닐 것이다. 가장 무게를 둘 수 있는 것은 직관에 의한 첫눈에 비친 모습일 것이다. 거리를 지날 때나 식당에 들어설 때 여러 사람의 시선이 집중되거나 많은 여자 중에서도 유독 눈에 머물러 있는 분은 보통의 경지는 넘어섰다고 보아야 할 것이다. 그렇지 않더라도 사람들의 입에 오를 만한 인물이라면 예쁜 영역에 포함시켜도 무방할 것이다.

　예쁜 여자와 잘 사는 경우는 여러 사람의 눈에 드러나지 않기 때문에 그 예를 찾아보기가 쉽지 않지만 파탄에 이른 가정의 경우는 세인의 입방아에서부터 확대 재생산되어 노출 정도가 우심하다고 하겠다.

　내가 잘 알고 있는 가정은 아버지의 막대한 재정적 지원을 받아 유명세를 지닌 예쁜 여자와 결혼하여 살고 있었는데, 아버지가 세상을 떠나자 아들이 회장이 되고, 아내를 CEO로 올려놓아 지금도 기세등등하게 잘 살고 있는 예도 목도되고 있다. 여기서 주목해야 할 대목은 예쁜 여자의 욕구를 충족시켜 줄 수 있을 만큼 배경이 든든했고, 물질적 부족함이 없었다는 점이다. 물론 남자 쪽에서도 그녀를 붙들어 둘 수 있는 여건이 되었기 때문일 것이다.

　우리들이 잘 알고 있는 유명한 집안의 경우, 물질적인 것만 가지고는 평상심을 갖고 살 수 없다는 것도 잘 알려진 사실이다. 흔히 예쁜 여자와 살려면 재정이 풍부하거나 권력이 있거나 명예가 특출해야 한다는 말의 의미 속에는 남자 쪽에서 외형적 조건이 구비되어야 함을 강조하고 있지만 이것만이 정확한 공식은 아니다. 남자 쪽에서 헌신적인 사랑과 인품 등도 위의 조건에 못지않게 작용한다는 점도 간과해서는 안 될 것이다. 여기에 이르면 예쁜 여자들의 남자 선택에도 허영심이 우위에 있거나 인간 본성의 순수성에 더 가치를 부여하려는 경향이 있을 수 있다는 말이 성립된다. 그러나 인생은 그렇게 이분법만으로 해답이 되는 것이 아니고 그 사이에는 미묘하고도 복잡한 사연이 얽혀 있기 때문에 더 많은 선택의 폭을 지닌다고 하겠다. 예쁜 여자는 얼굴에 상응하는 몫을 유지하려는 욕구가 강한 만큼 예쁜 여자와 살려는 남자는 여러 면에서 신경을 가다듬어야 하고 정성이 요구되는 것이다.

성경에도 아브람의 아내 사래가 너무 아름다워서 자기를 죽이고 아내를 빼앗아 갈 것을 걱정하여 아내라 하지 않고 누이라 했기 때문에 애굽왕 바로가 데려갔던 일과(창세기 12장 11-20) 두 번째도 그랄 왕 아비멜렉이 사라를 데려갔던 사건(창세기 20장 2-18), 그 아들 이삭도 아브람처럼 자기 아내를 누이라 하여 블레셋왕 아비멜렉이 창으로 내다보다가 이삭이 그의 아내 리브가를 껴안는 것을 보고 이삭에게 꾸짖는다.(창세기 26장 7-11) 다윗도 목욕하는 부하 우리아의 아내 밧세바를 맞이하여 그때 낳은 아들은 죽었지만 후에 영특한 솔로몬을 얻게 되는 이야기는 많이 알려져 있다.(사무엘 하 11장 12-24) 우리아는 예쁜 아내 때문에 죽게 되는 비극을 맞이하는 셈이다.

한편 다윗은 그로 인해 많은 죗값을 치르게 된다. 이 외에도 삼손이 들릴라로 인해 죽음에 이르게 되고(사사기 16장), 히위 족속 중 하몰의 아들 그 땅 추장 세겜이 야곱의 딸 디나를 더럽혀 온 족속이 멸망당하는(창세기 34장) 예를 읽을 수 있다. 이로 미루어 보더라도 예쁜 여자를 아내로 둔 남자는 항상 만족하고 행복하다는 결론에는 이르지 못하고 있다. 예쁜 얼굴과 행복의 등식이 성립되지 않는다면 예쁜 얼굴만을 추구하지 말고 상대를 사랑할 줄 아는 사람만이 행복을 차지할 것이라는 교훈을 얻게 된다. 온화한 성품과 현숙하고 우아한 모습의 여인도 예쁜 여자의 영역에 속한다. 이런 분과 사는 사람은 정말 행복한 사람일 것이다.

그러면 어떤 남자가 예쁜 여자와 살 수 있는가?

재력이 뒷받침된 남자가 우선순위다. 남자가 아무리 외모가 출중하더라도 재력이 없으면 순위에서 밀려난다. 이런 분은 거꾸로 재력이 있는 여성 가운데서 선택의 여지가 주어지지만 남자의 자존심이 허락하지 않을 수도 있다. 인물이나 체구 등의 조건은 문제가 되지 않는다. 그러니까 재력이 있는 남자가 예쁜 여자를 선택할 수 있는 폭이 넓어진다. 특히 자본주의 국가에서는 돈의 위력이 우리의 상상을 초월하고 있다. 비단 여성 선택의 범위를 벗어나서도 우리 주변에서 얼마든지 목도되고 있는 것이 현실이다.

2

예쁜 여자와 살려면 첫 조건이 재력이다. 나이와 관계없이 부유한 사람이 예쁜 여자를 선택하게 된다. 그렇다고 재력이 적다고 해서 기 죽을 필요는 없다. 자기 분수에 맞는 분과 마음껏 사랑하면서 살면 그게 어쩌면 더 행복에 가까워질 수 있다. 사람의 사는 방식은 천차만별이라 잘 살고 못 살고는 두 사람의 노력이 합쳐져야 함은 물론이고 기쁨의 지름길은 서로가 얼마나 진심으로 사랑하느냐에 귀결된다고 하겠다. 예쁜 여자가 한정되어 있다면 치열한 경쟁이 사람들을 충동하여 격분시키겠지만, 오늘날은 예쁜 여자가 너무 많기 때문에 재력이 좀 모자라도 위축될 이유가 없다.

　두 번째는 남자의 사회적 지위가 예쁜 여자를 선택하는 데 한몫을 차지한다. 많은 소유는 젊어서도 이재에 밝아서 재산가가 탄생하지만 사회적 지위는 젊은 사람에게는 쉽게 가질 수 있는 영역이 아니다. 대체로 그 부모의 영향력에서 누리게 된다. 특히 권력의 경우는 안개와 같아서 쉬 사라지는 실패의 높은 벽이 항존한다고 볼 수도 있다. 그러나 결혼 적정기의 남자로서는 그 배경이 존재를 부각시키고 있는 것은 사실이다. 금수저로 태어나서 금수저로 성장하여 결혼하는 젊은이도 많이 있다. 흙수저의 경우는 성공 확률은 높지 않지만 그 벽을 넘어 성공한 사례들은 우리를 감동시키기도 한다.

　세 번째는 명예가 밥 먹여주지는 않을지라도 그래도 우리 사회의 한구석에서 빛을 발휘하고 있다. 잠언서에도 "많은 재물보다는 명예를 택할 것이요."라는 구절이 있다. 인간의 고귀한 모습은 여기에서 찾는 게 바람직하다고 하겠다. 이것도 젊은이에게 쉽게 주어지는 게 아니고 많은 경력과 각고의 노력으로 결실이 이루어지고 있기 때문에 부모의 영향력에 의존되는 경우가 더 많다. 처음부터 예쁜 여자와 살아야 되는가? 정답은 그렇지 않다. 첫 출발은 자기의 능력과 위치에 걸맞게 선택해서 결혼하더라도 남자의 사회적 지위가 올라가면 여자도 따라 신분 상승이 되고, 남자의 재물이 늘어나면 여자의 품위도 거기에 맞추어지게 된다.

　한 젊은이가 혼기가 되어 선을 보았는데 첫인상에 키도 크고 얼굴도 너무 예뻐서 단번에 마음을 빼앗기고 말았다. 부모님께 "저 여자와 결혼시켜 주지 않으면 어느 누구와도 결혼하지 않겠습니다." 단언했다. 착하고 순진한 맏아들이 이렇게 말하자 부모는 그 여자에게 무슨 요구든지 다 들어주겠다고 약속했다. 그녀의 희망 사항은 박사 학위 받을 때까지 뒷바라지 해달라는 조건이었다. 부모의 재력이 그 정도는 할 수 있었기 때문에 결혼하게 되었다. 이 청년은 키도 크고 인물뿐만 아니라 심성도 좋아 누구든지 호감을 가질 수 있는 성품이었다. 대학을 졸업하고 선교에 특별한 사명을 갖고 대학선교에 몰두하게 되면서 목사가 되었다. 한편 아내는 학위를 받아 지방대학의 교수가 된다. 그 사이에 남매를 얻고, 남편은 부목사를 거쳐 성장하는 중형교회의 담임목사로 시무하게 된다. 교회에서는 목사의 중량감이 교회와 조화가 이루어지는 데 부족함을 감지할 즈음에 사모가 사택에 거주하면서 내외분이 목회에 전념하도록 요구했다. 그러나 어렵게 얻어진 교수직을 사면할 만큼 믿음을 갖지는 못했다.

결국 목사는 사면하고 선교사로 가게 된다. 남편으로서는 서로 떨어져 살더라도 성경의 말씀대로 하나님이 짝 지어준 것을 사람이 나누지 말라는 계율을 지키기 위해 진심으로 이혼만은 막아야 되겠다고 결심했지만, 아내의 강력한 요청에 이기지 못하고 헤어지고 말았다. 그는 이제야 자기의 잘못을 깨달았다. 외모보다는 믿음이 있고, 성실하고 순박한 고운 마음의 소유자를 배우자로 선택 못 한 자기의 우매함과 자책을 반추하고 있다. 그는 선교사이기 때문에 성장한 자녀는 제 어미에게 보내고, 자기는 남은 생애를 하나님만 모시고 살겠다고 다짐하면서 선교사로서 임무를 성심껏 수행하고 있다.

다음의 실화도 위와 비슷하지만 정황이 달라서 소개하기로 한다.

젊은 두 사람이 서로 사랑하게 되어 결혼해서 미국으로 유학 가게 된다. 신랑의 아버지는 고등학교 영어교사로 과외하면서 번 돈을 아들 내외에게 다 쏟아 부었다. 그는 대학교수로 전직할 기회가 있었지만 그 보수로는 유학비를 감당할 수 없어 현직을 고수하기로 했다. 이들은 남매를 얻게 되고, 며느리는 각고의 노력으로 학위를 받고 귀국한다. 시아버지의 열정으로 부산에 소재한 대학에 교수로 초빙된다. 아들은 영어실력이 탁월하여 방송사에서 경제 담당 통역을 맡게 된다.

며느리는 서로 떨어져 생활하는 틈이 생겨 같은 대학에 재직 중인 상처한 교수와 교제하게 되고, 끝내 끈질긴 이혼 제의에 수락하고 만다. 이 며느리는 역시 키도 크고 인물도 빠지지 않을 만큼 예뻤다. 그 후의 소식은 교제하던 교수와 결혼하여 딸애까지 낳게 되었지만, 남편은 중한 병으로 고생하다가 구사일생으로 소생되어 지금은 함께 살고 있다고 한다. 여 교수는 나이가 들면서 자기 첫 애들의 성장한 모습을 보고 싶어 만나자고 제의했으나, 애들은 자기들을 버리고 간 여자는 어미가 아니라고 단정하고 성인이 된 지금까지 만나 주지 않고 살아가고 있다.

시아버지는 통분하고 허탈했지만 그는 교회 장로로서 신앙의 힘으로 이 난관을 극복하고, 아들은 재혼하여 아들까지 얻어 잘 살아가고 있다. 처음부터 잘못 만남이 원인이었고, 누구를 원망할 것도 없다. 시아버지였던 장로는 자기의 연금도 일시불로 받아 며느리 유학비로 다 소진했고, 지금 연금은 없지만 둘째 아들이 미국에서 내외가 다 직장을 갖고 부모를 재정적으로 지원하고 있다. 신앙이 없는 사람이라면 살아남기 힘든 세월을 그래도 믿음으로 넘기고 있는 모습을 보면서 잘못된 만남이 얼마나 많은 희생의 대가를 치루는 지를 확인시켜 주고 있다.

위의 예와는 다르지만 다음의 실화도 새겨둘 만해서 소개하기로 한다.

남녀가 다 학력은 높지 않지만 서로를 이해하고 사랑의 열매도 갖게 된다. 남자는 먹고살 만큼 일정한 수입이 있는 직업을 갖고 열심히 살고 있는데, 여자 쪽에서 애들이 다 성장했으니까 직장을 갖게 된다. 이 여자는 키는 크지 않지만 누가 봐도 호감을 가질 수 있을 만큼 예뻤다. 다 그렇지는 않지만 이 여성은 남자들의 손짓과 눈짓에 제어하지 못하고 가출해 버렸다. 아내와 생이별한 남편은 말문이 막혔고, 일이 손에 잡히지를 않았지만 방법이 없었다. 누가 보더라도 두 사람의 결합은 조화롭지 못했다는 것이 중론이다. 그 내면세계를 제삼자로서는 묘사해 본들 가공의 진실에 머물러 있을 수밖에 없지 않은가.

또 하나의 예는 대학에서 서로 만나 사랑이 싹터서 결혼하여 자녀도 두게 된다. 남편의 아버지는 철도 공무원이었는데 사고로 하반신을 전혀 쓰지 못하는 장애인이었으나 외아들과 예쁜 며느리 내외가 잘 봉양했다. 시아버지가 세상을 떠나고, 남편이 직장에서 퇴출을 당하자 며느리는 옷 가게를 차려 생계를 유지하게 된다. 퇴출된 남편은 불규칙한 생활과 남편으로서의 임무를 못 하게 되자 두 사람 사이에 틈이 생기고 키도 크고 예쁜 아내는 견디다 못해 이혼하게 된다. 이들의 만남은 객관적 입장에서 볼 때 어울리지 않는 한 쌍으로 보였다. 그러나 여자 쪽에서는 최선을 다했고, 가히 헌신적이었으나 남자 쪽에서 제 구실을 못해 생긴 비극이었다.

그렇다면 예쁜 여자와 살려면 어떻게 해야 할까?

서로 사랑해야 한다. 다른 모든 것들이 충족되더라도 사랑이 식어지면 예쁜 얼굴도 아름답게 보이지를 않게 되고, 끝내는 파탄에 이르게 된다. 사랑과 이해의 단어는 속을 들여다보면 같은 선상에서의 의미를 공유하고 있다. 사랑에 대한 의미를 가장 잘 설명해 주는 대목은 신약성경 고린도 전서 13장이다.

내가 내게 있는 모든 것으로 구제하고 또 내 몸을 불사르게 내줄지라도 사랑이 없으면 내게 아무 유익이 없느니라. 사랑은 오래 참고, 사랑은 온유하며 시기하지 아니하며, 사랑은 자랑하지 아니하며, 교만하지 아니하며, 무례히 행하지 아니하며, 성내지 아니하며, 악한 것을 생각하지 아니하며, 불의를 기뻐하지 아니하며, 진리와 함께 기뻐하고, 모든 것을 참으며, 모든 것을 믿으며, 모든 것을 바라며, 모든 것을 견디느니라.

물론 여기서의 사랑은 이성 간의 사랑의 차원을 넘어선 고차원적이며 신앙적인 측면이 강하게 표출되었지만, 이성 간의 사랑에 적용해도 무리는 없을 것 같다.

남자가 예쁜 여자와 살려면 헌신적인 사랑이 요구되는 것은 사실이며 또한 현실이다. 현숙하고 온순한 여자일지라도 사랑받기 원하는 그 심성은 허물 수가 없다. 그렇기 때문에 남편의 세심한 배려가 뒤따라야 한다. 그 방법은 이해하는 데서 출발해야 한다. 예쁜 여자라고 다 그런 것은 아닐지라도 의상과 구두, 화장품, 헤어스타일에 이르기까지 꾸밈에 대한 욕구가 보통 여자들보다는 강하게 나타나는 것도 속일 수 없는 사실에 속한다.

옷장은 의상실을 방불케 하고, 구두 진열장은 디스플레이한 백화점 구두 판매점을 연상시키고, 화장대는 화장품 가게에 들른 것 같은 모습을 보여주고 있는 것이 예사롭지 않지만 그것을 수용할 수 있어야 한다. 미용실에 자주 들락거리는 것을 못마땅하게 여기게 되면 예쁜 여자와 살기를 포기해야 한다. 이런 상황은 가장 기본에 속하고 현실이기에 이해하고 수용할 수 있어야 한다. 사랑 이전에 남편이 지혜와 재정적 배경을 갖추어야 할 이유다. 아무리 예쁜 여자라도 남루한 옷이나 민낯, 허술한 신발에 헝클어진 헤어스타일로는 그 빛을 발휘할 수가 없지 않은가.

의복이 날개가 되고, 화장술의 독특한 기술이 우리의 상상을 능가하고 있다는 것도 상정해 보아야 한다. 일류 도목수가 연장도 최고급품을 사용한다는 것을 상기시켜도 좋을 것 같다. 함께 여행을 원한다면 이것도 들어주어야 한다. 분위기 좋은 카페에서 커피를 마시자고 하면 이것도 수락하고 실천에 옮겨야 한다. 아울러 먹고 싶은 음식을 말하면 지체 없이 행동이 따라야 한다. 자기 얼굴과 몸단장하는데 시간이 좀 소요되더라도 예쁘니까 이해하고 넘어가야 한다.

직업과 사회활동에 바쁜 연령층에서는 예쁜 아내와 시간을 공유하기가 힘들겠지만 최대한 시간을 활용하여 예쁜 아내를 기쁘게 해주려는 마음가짐과 실행이 우선되어야 한다.

지금은 가사에 도움을 주는 젊은이들이 많지만 바쁜 핑계로 외면하는 분들은 자신의 행동에 생각을 머물러 봐야 한다.

예쁜 아내를 둔 남편은 예쁜 얼굴만 보아도 즐겁고 기뻐지는 것은 장점에 속하지만 그 이면에는 많은 수고와 배려가 수반된다는 점도 명심해야 한다.

3

나는 예쁜 여자와 50년 이상 살아오면서 주위의 사람들이 두 사람은 조화가 되고, 행복해 보인다는 말을 많이 들었다.(이 사람을 소개하면서 서술의 편의상 1인칭을 사용하기로 한다.)

함께 식당에 들어갔을 때 그녀를 향한 손님들의 집중된 시선을 여러 번 목도하기도 했다. 그럴 때마다 조금은 어깨가 올라가기도 했지만, 어떤 때는 왜소해지는 느낌을 가지기도 했다. 내자의 나이가 77세에도 마찬가지 현상이 재현되었다. 실제의 나이보다 많이 젊어 보이기 때문이리라. 시장에 갔을 때 주차장까지 산 물건들을 손에 들고 비좁은 길을 걸어갈 때 주위의 중년 남자들이 미인 지나가니 길 비켜 드리라는 말도 듣기도 했다.

내자의 유년 시절 일은 남의 일이라 잘 모르지만 금수저로 태어나 귀엽게 자란 것 같다. 그녀의 아버지는 대지주의 둘째 아들로 태어나 일제강점기 때 일본에서 학업을 마치고 귀국했으나 사회주의에 매몰되어 해방 후 혼란기에 불순분자로 몰려 집안을 경영하던 그의 형이 현장에서 처형되고 그녀의 아버지 역시 다른 곳에서 행방불명이 되었다고 한다. 그야말로 집안이 풍비박산風飛雹散이 되었고, 이 어린 소녀는 겨우 피신하여 멀리 떨어져 살았던 삼촌 가정에서 연명을 했다고 한다. 소녀의 어머니는 미모의 젊은 여성이라 재력가의 후처로 자리를 옮겨 갔다. 그 후에는 거창 외가에서 유년기를 보냈는데, 그때도 등하교 길에서 만나는 사람마다 예쁘다는 말을 들으며 성장해 갔다.

원래 말수가 적고 자존심이 강해서 쉽게 사귀지도 않았다고 전해지고 있다. 대구에서 여고 시절을 보내면서도 실장을 했고, 그의 리더십은 그의 미모와 함께 선후배 사이에서도 그 진가가 발휘되었다고 동기생들이 일러 주었다. 지금도 의기투합하는 동기생 몇 명이 모임을 갖고 있다. 60년대 초는 여고생들이 대학에 진학하는 경우는 많지 않았고, 따라서 집안 형편상 포기하고 집안의 애들을 가르치며 교회생활에 열중하면서 신앙심을 키워갔다고 결혼 후에 나에게 얘기해 주어서 알게 되었다. 혼기가 되어 여러 곳에서 청혼이 쇄도殺到했고, 심지어 사진관에 끌려가 억지로 함께 사진까지 찍게 했으나, 그녀의 마음이 허락하지 않아서 물리치고 27세의 나이에 나와 인연이 닿았던 것이다.

내가 고교 교사로 그녀와 만났을 때, 나는 30세가 되었고, 20대 후반에 문학 분야에 등단했고, 석사학위까지 취득한 상황이었다. 같은 학교에 근무하던 친구가 교대 교수로 부임한 후, 약간의 시간이 지나서 만나자는 연락이 왔다. 친구들과 찍은 사진을 보여 주면서 선을 보게 되면 반드시 결혼해야 한다는 조건을 제시했다. 그런 경우가 있나? 얼마 후에 아무런 조건 없이 만나자고 제의가 왔다. 그날 만남이 결혼까지 이르게 되었다.

그녀의 집안이 어수선하다 보니 교회에 출석하면서 신앙심을 키워 돈독한 크리스천이 되었다. 나 역시 총각집사로 내 딴은 신앙생활을 한다는 외형을 갖고, 고등부 학생들을 상대로 매주 설교하면서 지도했지만 사실은 껍데기 신앙에 불과했다. 물론 마음 깊은 곳에는 정직과 성실은 갖추고 있었다. 처음 만나던 날 소개한 친구 집에서 저녁 식사를 함께 했고, 그 후에 어머니께도 소개했다. 나의 가정은 어머니가 7남매를 낳았으나 위로 세 사람은 어릴 때 병으로 죽었고, 내 밑에 여동생은 내가 업고 다니기도 했지만 역시 병으로 죽고 3형제만 남았다.

아버지는 일제 치하에서 별것 아닌 것으로 1년 형을 받고, 해방 1

년을 앞두고 식민지의 굴레에서 세상을 떠나게 되었다. 나의 큰형은 초등학교 졸업과 동시에 사과 궤짝에 책을 담아 못질을 하고, 기술을 배우면서 생활 전선에 나섰다. 아버지가 세상을 떠난 그해에 형님은 일제 강제 징집을 피하기 위해서 사촌이 살고 있는 다인으로 우리 식구들 모두 이사를 가게 된다. 나는 다인 초등학교에 입학했다가 해방 이듬해에 다시 대구로 옮긴다. 그때 큰형님은 전매청에 기술자로 취직되어 집도 마련했고, 대가족이 함께 생활했다. 그 후 큰형은 꿈을 품고 일본으로 가서 토목 공사로 부를 축적했지만 30대 초반에 병으로 세상을 떠나게 된다.

중형이 생계를 이어 가지만 가난에서 벗어나기가 쉽지 않았다. 50년 여름에 17세였던 중형이 징집되어 입대하게 되자 13세에 내가 집안을 꾸려가야 했다. 그때는 누구나 고생했던 시기라 생략하기로 한다. 나는 선을 보면서 중형이 계시지만 어머니는 내가 모셔야 되겠는데 수락할 수 있겠는가가 첫째 조건이었다.

그녀는 나의 신앙심과 앞으로 교수가 될 것이라는 확신을 갖고 어머니를 모셔야 된다는 나의 의견에 전적으로 동의해 주었다. 어머니를 모시고 형님 집에서 나올 때 나는 고교 교사였고, 비록 셋방살이로 시작했지만 희망을 놓지 않았다. 그녀와 결혼 즈음에는 나는 나대로 자존심이 있어서 그녀의 외모에 무게를 두지 않았고, 다만 내가 앞으로 신분 상승이 될 때 모자람이 없어야 된다는 판단을 하였던 것 같다.

아내가 55세 때 내가 대구, 경북지역 학장 회장으로 하와이에서 전국 학장회의에 부부동반으로 참가했다. 그때 학장 한 분이 아내를 보고 꼭 배우 같다고 하면서 칭찬한 일도 있었고, 65세 때 성지 순례를 하면서 이집트 피라미드를 관광할 때 가이드가 저런 분과 살려면 돈이 많든가 사회적 지위가 높든가 해야 하는데 하면서 나를 폄하(貶下)하는 뉘앙스의 말을 한 때도 있었다.

75세 되는 해, 제주도 유채꽃 구경하러 갔을 때다. 정작 활짝 핀 유채꽃 밭에는 가지 못하고 한쪽에 무리지어 있는 유채꽃이 아름다워 촬영을 했는데 밭주인인 중년 부인이 사진을 찍으려면 자기가 재배한 더덕을 사 가라는 것이다. 짐이 무거우면 거추장스럽기 때문에 5천 원어치만 달라 했더니 한 소쿠리를 주었다. 왜 이렇게 많이 주느냐고 물었더니 아주머니가 너무 예뻐서 주고 싶다고 했다. 77세 때도 아파트 현관문을 나서는데 초등학교 여학생들 몇 명이 아내를 가로막고 다짜고짜로 이 옷 얼마 주고 샀어요 하고 물어 왜 묻느냐고 했더니 아주머니가 너무 예뻐서 묻는다고 했다.

아내는 나와 결혼해서 먹고 사는 것은 걱정이 없었지만 시어머니를 모시고 2남 2녀를 양육하느라고 고생한 셈이다. 몇 년간 매달 쌀한 가마니를 소비했을 정도니까 짐작이 될 만하지 않은가. 그러니 단장하고 외출할 시간적 여유도 없으니까 그의 미모도 표출될 수가 없었다. 시어머니와 17년간 함께 생활하면서 얼굴 한 번 찡그리지 않고 잘 모셨다.

어머니가 "너희들은 복 받고 잘 살 것이야." 하면서 축복의 말씀을 해 주셨다. 나대로는 어머님께 효도한다고 생각했는데 내자가 나보다 더 잘 모셨다는 것을 알고 훗날 어머니에게 향했던 그 마음을 당신에게 부어 주리라고 약속하기도 했다. 물론 그 약속은 지금까지 지켜지고 있다. 퇴임 후에는 설거지와 쓰레기 버리기, 집안 청소는 다 맡아 하고, 운전기사 노릇도 단단히 하고 있다. 아무리 바빠도 주일만은 교회에 출석하니까 집사람의 외모에 대한 교인들의 평판은 말할 것도 없고, 장로님은 어떻게 예쁜 권사님과 결혼했는지에 더 관심이 집중되는 것 같았다.

나는 대학교수로 재직하면서 박사과정을 했으니까 2남 2녀와 같이 공부를 한 셈이다. 내가 학위를 받고, 이어 맏사위가 이학박사, 맏아들이 경제학박사, 둘째 사위가 의학박사, 막내가 영국에서 Ph.D를 받았다. 아내는 내가 5명의 박사를 배출시킨 거나 다름없다면서 자랑삼아 말하기도 한다. 이들은 교수로, 개업의로 활동하고 있다. 딸 둘은 국립대학에서 피아노와 성악을 전공했고, 큰딸은 독일에서 최고 연주자 자격을 획득했고, 둘째 딸은 시립합창단 단원으로서 활동하다가 결혼했다. 손자 4명, 손녀 1명, 외손자 1명, 외손녀 3명, 명절 때 모이면 19명이다.

우리 내외는 새벽기도로 하루의 생활이 시작된다. 야외활동과 시장, 백화점 출입도 물론 함께 다닌다.

예쁜 여자와 산다고 해서 꼭 행복하다는 등식은 성립되지 않는다. 앞의 예에서도 보듯이 행복한 날이 많을 수도 있지만 부정적인 측면도 도외시할 수 없다는 점도 남성들은 인식할 필요가 있다. 남자라면 누구나 예쁜 여자와 결혼하여 같이 살기를 소망하겠지만 자기의 분수를 아는 것도 현명한 사람에 속한다. 결혼은 자기 마음대로 되는 게 아니고, 여러 가지 여건이 복합적으로 작용하기 때문에 순응하면서 살아가는 지혜가 복된 사람일 것이다. 무엇보다 사람 됨됨이가 복을 부른다는 사실도 명심했으면 좋겠다. 자기 부인이 제일 예뻐, 사랑하면서 사는 것이 더욱 값진 삶의 한 전형일 수 있다는 게 결론이다.

서원誓願의 기쁨

서원이란 용어는 불교에도 있지만, 개신교에서는 하나님께 서원을 할 때 사용된다. 이는 어떠한 일을 원하는 대로 이루어 주신다면 꼭 실행하겠다는 서약의 기도인 셈이다. 일시적인 흥분이나 미래에 대한 예측도 없이 서원한 후 이를 실행하지 못해서 한평생 억눌려 사는 사람도 있고, 서원한 것을 후회하는 사람도 가끔 보게 된다.

『새성서대사전』에 의하면 서원이란 요구되어 있지 않는 선행의 실행을, 자발적으로, 엄숙하게 하나님께 하는 서약이라고 기술하고 있다. 성경에는 서원에 대한 내용 등이 많이 등장되고 있으며, 동시에 함부로 서원하지 말고, 또 서원했으면 반드시 지켜야 함을 다짐시켜주고 있다.

사람이 여호와께 서원하였거나 결심하고 서약하였으면 깨뜨리지 말고, 그가 입으로 말한 대로 다 이행할 것이라.(민수기 30:2)

서원하고 갚지 아니하는 것보다 서원하지 아니하는 것이 더 나으니.(전도서 5:5)

30대 초반에 첫째 딸이 네 번이나 경기를 했고, 또 이 아이는 병이 나아도 소아마비로 살아가야 되리라는 말을 듣고, 어머니와 나, 그리고 아내와 함께 새벽기도 시간에 이 아이를 온전케 해 주시면 평생 새벽기도를 드리겠다고 서원을 했던 것이다. 물론 딸은 그 후 완전히 나아서 잘 성장하여 독일 유학도 마치고 생명과학을 전공하는 교수와 결혼하여 슬하에 딸 셋을 두고 잘 살고 있다.

그런데 나는 어떤가? 직장생활과 삶의 현장에서 바쁘게 사느라고 주일 새벽만은 빠뜨리지 않고 기도를 드리고 있지만 평일에는 실천을 못 하다가 퇴직을 얼마간 앞두고는 시간적 여유가 생기면서 계속해서 새벽기도를 드리고 있다.

한편 아내는 아내대로 딸 둘과 아들 하나를 기르면서 욕심을 내어 아들 하나만 더 주시면 하나님께 바치겠다는 한나의 기도처럼 서원을 한 것이다. 그래서 아들의 이름을 사무엘이라고 부르면서 키워 지금은 일반 대학을 졸업하고 총신대학원을 마치고, 강도사를 거쳐 목사가 되어 영국에서 7년간 다시 석사와 박사과정을 끝내고, 사역하고 있다. 이 글을 쓰면서 이제야 아들 문제는 자기만의 일이 아닌데 나와는 한마디 상의도 없이 서원을 했단 말인가? 하는 의문이 생겼지만 아무런 이의 없이 벌써 38년의 시간이 흘러간 셈이다.

내 경우에는 서원한 것에 대해서는 한 번도 후회해 본 일도 없을 뿐만 아니라 도리어 살아가면서 점점 정말 잘했구나 하고 기뻐하고 있다. 70대 중반을 넘어 80을 바라보면서 하루의 일과를 시작하기 전에 하나님께 나아가 기도한다는 것이 얼마나 소중하고 귀한 시간인지, 만약 내가 서원을 하지 않았다면 조금만 피로를 느낀다든지 게으름이 밀려오면 새벽기도 시간을 제대로 지키지 못했을 것은 너무나 명확한 일일 것이다. 그러나 하나님과의 약속이기에 전혀 부담감 없이, 비가 오나 바람이 부나 덥거나 춥거나 어떠한 불순한 일기라도 개의치 않고 정한 시간에 일어나 기도할 수 있다는 것이 보통의 복이 아니라고 자위하면서 즐기고 있다.

특히 새벽기도가 왜 좋으냐고 묻는다면 주저 없이 확고한 신념으로 그 장점을 말할 것이다. 먼저 마음의 평안함이다. 하루를 시작하면서 맨 먼저 하나님과 대면하여 대화할 수 있다는 것이 경이로운 일이며, 또 영의 순수성을 지닐 수 있다는 점이다. 그리고 육체적으로는 새벽기도를 통하여 얻는 건강의 유지가 그것이다. 이 나이에도 아직도 병으로 인한 약은 복용하지 않고 있다. 11시가 넘어서 잠자리에 들지만 새벽에는 일정한 시간에 일어나 예배당에 가서 기도를 드린다고 하는 것은 실천해 보지 않은 사람에게는 설명을 해도 실감으로 다가오지는 않을 것이다.

그렇기 때문에 나이와 상관없이 육체적으로 건강해지고 정신적으로는 맑은 영을 지닐 수 있다는 것이 얼마나 즐겁고 기쁜 일인지 생각할수록 서원을 잘했다고 자찬하고 있다. 덤으로 남과의 대화에서도 마음속에서 우러나오는 선하고 덕스러운 말이 나오고, 쓸데없는 말은 저절로 삼가게 되고 말수도 점점 줄어들고 생각은 더 맑아지고 있으니, 얼굴 빛깔조차도 속살에서 배어나오는 맑고 깨끗함을 보여주니 어찌 기쁘지 아니하겠는가. 더구나 그리스도의 향기를 뿜으며, 빛된 삶으로 살아가려는 의지와 함께 세상에서는 두려움이 없어지고 더 용기가 생겨 막힘이 없다는 점 등이다.

혹시 서원은 하지 않았더라도 새벽기도를 실천해 보라. 어떤 효과가 나타날는지 실험해 보라고 권하고 싶다. 기도도 습관이 되어야

무리가 없지, 억지로 하려고 하면 피곤해서 지속할 수가 없다. 젊은 목사들 중 일부가 누가 새벽기도를 만들었느냐고 불평한다는 말을 듣기도 했지만 이는 아직도 새벽기도의 진미를 모르고 있다는 증거이기도 하다. 나는 주님이 부르시는 그날까지 새벽기도를 계속하겠다는 결심에는 추호의 여백도 두지 않고 있다.

춤추는 잣대

잣대는 정확성이 요구되는 측량의 도구다. 이 잣대가 규정에 위배되거나 눈금이 다른 여러 잣대로 측량한 설계도는 폐기되어야 할 뿐만 아니라 그대로 진행했다가는 큰 불행을 초래하게 될 것이다. 우리 주변에는 이중 삼중의 잣대를 가지고 자기 편의에 따라 마구 들이대면서 자기 주장의 정당성을 역설하는 사람들을 많이 보게 된다.

정치가들의 잣대는 춤을 추면서 수시로 변하기 때문에 국민의 신뢰를 상실한 지 오래고, 일부 급진주의자들은 머리와 몸통이 제각각 활발하게 활동하기 때문에 그 중심을 알아차리기가 쉽지 않다. 곧 사상과 행동이 별개라는 인식을 갖게 하고 있다. 북한 사회가 좋다면 찬양이나 동조에 그치지 말고 그쪽에 가서 마음대로 활보하면서 살면 좋으련만 선동에만 열을 올릴 뿐 몸은 자유주의에 더 익숙해져 있다는 점이다.

반미 구호를 외치면서도 자기 자녀들은 미국 유학을 시키는 모순을 무엇으로 변명할 수 있겠는가. 종교인들의 귀한 말씀도 부정적인 시각에서 인구에 회자될 때가 있다. 자기는 실천하지 않으면서 남에게 강요하는 자세도 잣대의 균형 감각에서 벗어나 있음을 보게 된다. 어디 이것뿐인가. 변화 무쌍한 잣대를 가지고 다니면서 상황에 따라 제멋대로 선을 긋고 비판하는 사람들이 얼마나 많은가. 모두 정직하지 못한 정신 자세에서 비롯되고 있는 것이다.

사상과 행동에 일관성이 결여되면 무책임한 사람으로 전락되고 만다. 성경 야고보서 3장 1절에 "내 형제들아 너희는 선생 된 우리가 더 큰 심판 받을 줄을 알고 많이 선생이 되지 말라."고 하지 않았던가. 사회 지도급에 속한 사람들의 책임과 의무가 얼마나 막중한가를 단적으로 지적해 주고 있다.

나는 정년 퇴직을 한 후 미국에 거주하고 있는 사위(딸)집에서 4개월 동안 이민 아닌 이민 생활을 체험해 볼 수 있는 기회를 가졌다. 시애틀 지역 에드몬드. 삼림으로 둘러싸인 쾌적한 환경과 서태평양의 아름답기로 소문난 시애틀의 붉은 낙조를 바라보면서 자연의 위대함을 절감했다.

또한 7월 4일 미국 독립기념일의 야간 불꽃놀이 행사장 개스워크 파크, 해상에서 쏘아 올리는 30분간의 불꽃 쇼는 예술을 넘어서 그야말로 환상적이었다. 다른 측면에서는 돈을 마구 쏟아붓는 그네들의 경제력에 감탄하기도 했다. 무엇보다 넓은 주거 공간과 잘 정돈된 시가지와 도로망, 그 위에 구축된 질서의식과 남을 먼저 배려할 줄 아는 그들의 정신자세가 부러웠다.

주일, 교회에 가면 한인 교포들을 만나게 된다. 모두 한국에서 살기 힘들어 이민 온 사람들로 하기 쉬운 말로 남자들은 대개 서울대학 출신이고, 여자들은 이화대학 출신이라고 한다. 이국 땅에 와서 신분 상승욕구를 충족시키고자 하는 심리 상태를 구태여 탓할 필요는 없겠지만, 솔직하지 못한 일면은 인정해야 할 것 같다.

환경과 문화의 차이가 있을 뿐 사람 사는 곳이 별 곳이 없다는 것을 다시 한번 실감할 수 있었다. 역시 그곳에서도 평화만 있는 것이 아니고 고달픔과 번민은 그들을 괴롭히고 있었다. 자식을 올바르게 교육시키기 위해서, 정치적 이유, 또는 생활의 변화를 모색하기 위해서 등등. 그러나 성공 사례는 많지 않았고, 매일 매일 어려움을 극복하면서 끈질기게 살아가고 있는 모습을 보며 연민의 정도 가져 보았다.

그들은 마음을 열어놓고 속내를 숨김없이 이야기할 수 있는 대상이 없음을 가장 큰 애로라고 말하기도 한다. 하기야 인간이 사는 세상에 만족감을 갖기가 쉽지 않지만 그네들을 바라보는 나의 가슴은 착잡하기만 했다. 여기에서 내가 가진 잣대의 이중성을 발견하게 된다. 국가적 차원에서는 이민을 적극 권장해야 하는 당위성에 동조하지만, 나에게 이국 땅에 가서 살아라 하면 단연코 거부할 수밖에 없는 것이다.

미국이 선진화되어 많은 장점을 지니고 있다고는 하지만, 비록 그만큼은 못 되더라도 내 조국, 내 고향, 그리고 다투면서도 정을 나눌 수 있는 정겨운 이웃이 있다는 것이 즐겁고 사랑스러운 것을 어찌할 것인가. 해외 여행하면서 얻은 것은 그 나라의 풍습과 자연환경, 그리고 성숙한 시민의식 등은 배워오더라도 거기서 살고 싶은 마음은 추호도 없으며, 비록 누추한 집일망정 내가 살고 있는 이곳이 가장 좋다는 것이다.

여러 기준의 잣대를 가지고 남을 비판하기에 앞서 자기의 참모습을 바라보면서 마음을 비우고 사는 것이 참행복이요, 만족을 줄 수 있다는 것을 이제야 어렴풋이 깨닫게 되니 나 역시 평범한 인간임에 기쁠 뿐이다. 부정확한 잣대를 지닌 불완전한 존재지만, 하루를 살더라도 바로 살기를 원하며, 성자는 아예 못 되더라도 그 가까이에서 살고 싶은 욕망은 버리지 않고 성실하게 살아가리라 다짐해 본다.

나는 지금

젊은 때나 장년기에는 분주한 생활에 매달려 자신을 성찰할 여유가 없었다. 그 시절에 자신의 정체성에 대하여 사고의 영역을 확대한다는 것은 일종의 사치에 근접했으리라. 이제 육체가 낡아지고 시간의 여백이 자꾸만 나는 누구며, 무엇 하는 사람인가 하는 의문이 내 뇌리에 맴돌게 한다.

과연 나는 누구인가? 유능한 인재들이 나름대로 대답을 풀어 놓지만 똑같은 답이 아님은 사람마다 한결같지 않기 때문일 것이다. 나는 어떤 사람인가? 이름이 나를 대신하는 것은 맞다. 그러나 이름이 나의 본질과 정신세계까지 다 포함하는가? 생각할수록 모호해지고 정확한 해답을 찾기 어렵다.

나의 작명 때의 일화나 해석 등에 대한 얘기는 어른으로부터 전혀 들은 바가 없다. 이름에 얽힌 에피소드는 헤아릴 수 없을 정도로 많다. 방영웅의 소설 「분례기糞禮記」에는 어머니가 변소에 갔다가 인분 위에서 낳았다고 하여 분례(똥례)라 이름을 지은 대로 험악한 세월을 살아간다.

반면에 야곱처럼 손으로 형 에서의 발꿈치를 잡고 태어났다고 해서 지은 것이나 뒤에 하나님 및 사람들과 겨루어 이겼다고 이스라엘이라 명명해서 12지파를 거느린 큰 민족을 이룩한 예도 있다. 히브리어에서는 이름이란 종종 계시된 인격과 실재實在의 의미로 사용되기도 한다고 한다. 그러나 그것이 자신의 실존적 정신적 의미까지 내포하고 있는가? 이 문제에서는 진정 모르겠다는 것이 내 대답이다. 성경에는 이름에 걸맞게 살아간 예가 많다는 것에 주목하게 한다.

나는 정직하게 살려고 노력해 왔고 지금까지도 이것만은 지키려는 것이 확실한 내 대답이다. 과거에는 말을 많이 한 편에 속하고, 본의 아니게 상대편을 기분 상하게 한 일도 있었지만 지금은 말수가 현저히 줄었다. 나는 과거에 무슨 역할을 했는지는 하등 문제가 되지 않고 다만 지금 이 순간을 아름답게 가꾸어 가는 게 소중하다고 여기고 있다.

살아 숨 쉬고, 먹고 싶은 것 많지는 않지만 찾아 먹고, 잠 잘 자고, 아내와 50여 년간 동행하고 손자 손녀 만나면 용돈 줄 수 있고, 친구 만나면 대접하고 싶고 실제로 부담을 즐겁게 치루고 있다. 이런 것은 외형적 면모에 지나지 않고 근원적인 나의 정체성을 탐색하기가 어려워질 뿐이다.

과거와 비교해 볼 때 먹고 살기 위해 시간의 구속은 받지 않지만 나름대로는 바쁜 나날을 보내고 있는 것이 지금의 상황이다. 외모는 백발이 되고 얼굴에는 주름이 깊어지고, 체중은 줄어들고, 섭취하는 음식의 양도 적어지고, 청력은 약하나 시력은 좋은 편에 속한다. 기억력의 감퇴는 물론이고, 얼굴과 이름이 매치되지 않아 곤혹을 치를 때도 있다.

　이 또한 외형적 '나'이고 그 정체正體는 열거할 수가 없다. 그러나 나의 낡아지는 모습을 전혀 개의치 않고 도리어 즐겁게 맞이하고 있다. 지금 남편으로서의 역할은 한계에 와 있지만 설거지나 하기 싫은 청소도 책임지고, 전속 운전기사로서는 충실히 이행하고 있다. 아비로서의 역할은 상징적 존재에 머물러 있고, 그들을 위해 끊임없이 기도만 하고 간섭은 하지 않고 있다.

　문학 단체에 참석하여 내 위치에서만 자리를 잡고, 그 외에는 관심을 갖지 않고 있다. 지금의 '내'가 그냥 좋고, 욕심이 없으니 마음도 늘 비워 두고, 기쁘고 즐겁고 감사만이 그 자리를 메워주고 있다. 그러나 나의 정체성은 확실히 모르지만 누가 뭐라 해도 하나님의 말씀대로 바로 살려고 노력하고 있는 것만은 확실하다.

학생이 여자 알면 끄치데이

아버지에 대한 기억은 두 가지만 남아 있다. 다섯 살 때에 대나무로 만든 총을 사 와서 즐겁게 해 준 일과 일곱 살 때, 그러니까 1944년 여름, 어머니와 함께 삼덕동에 위치한 교도소에 면회하러 갔을 때, 여윈 아버지의 모습이 뇌리에 각인되어 있는 것이 전부다. 아버지는 애국하다가 일경에 체포된 게 아니고, 사업하는 중에 저들의 눈에 거슬려 1년형을 선고받고 복역 중에 해방의 기쁨도 누리지 못하시고 세상을 떠나셨다. 식민지하에서 야기된 일을 이제 와서 누구를 탓할 만큼 감정의 찌꺼기도 남아 있지 않다. 그러나 40대에 혼자된 어머니는 세 아들을 키우느라 무척 고생하셨다. 우리는 7남매였지만 4명은 홍진 등 병마로 성장도 못 한 채 일찍 가 버렸고, 큰형님과 중형, 그리고 나, 세 사람만이 남은 셈이었다. 맏형과 나와의 나이 차이는 무려 18년이다. 땟거리도 없는 형국에 막내인 내가 공부한다는 것은 상상을 뛰어넘은 사치일 뿐이었다.

생계를 책임질 큰형님은 일본으로 가 버렸다. 중형과 어머니와 형수와 조카들까지 함께 산다는 것이 얼마나 힘이 들었던지 지금으로서는 이해할 수가 없는 형편이었다. 6.25 참변으로 중형은 17살 나이에 징집되어 입대하게 되었고, 나는 초등학교 5학년이었지만 먹고 살기 위해서 닥치는 대로 일하면서 생계를 유지해 갔다. 그해 8월에 나와 어머니는 교회에 나가기 시작했다. 어머니는 안계면 도덕동 단양 우씨 집안의 맏딸이었고, 외할아버지는 한문을 좀 터득한 편이었으나 딸을 교육시킬 만한 물질적 여유는 없었던 것 같았다.

실제로 어머니는 일자 무식이었으나 계산은 정확했고, 교회에 다니면서 한글을 스스로 깨쳐 신구약성경을 여러 번 통독하셨다. 기억력이 월등하여 들은 풍월 등을 자유자재로 구사하셨는데, 특히 어머니의 말 속에는 늘 속담이 적재적소에서 빛을 내었다. 내가 지금껏 아는 속담 중에서 90% 이상이 어머니에게서 배운 것이다.

중학교에 보내 주지 않으면 죽겠노라고 억지를 부려 허가를 받았으나 등록금이 없어서 6학년 담임 선생님이 마침 경북중학교에 재직 중인 친구 선생님께 말씀드려 비산동에서 대봉동까지 달려가서 입학식에 참여는 했지만 미등록 상태였다.

어머니는 여관의 부엌 일부터 시작해서 온갖 일을 마다 않고 안한 일이 없을 정도였다. 여기서 말하고자 하는 것은 이게 아니고 어머니께서 귀에 익도록 말씀하신 것이 바로 "학생이 여자 알면 끄치데이."였다. 그래서 중학교 이후 고등학교 졸업 때까지 어른들 예배에는 꼭 참석했지만 학생회에는 가입하지 않았다. 그것은 나 역시 한쪽에 몰입하면 끝장을 봐야 하는 성격임을 잘 알기 때문에 혹시 학생회에 참석했다가 여학생이라도 알게 되면 내 의지로 극복할 수 없을 것을 염려했기 때문에 피한 것이다.

83세를 일기로 돌아가시기 전까지 결혼 후 17년간 아내와 함께 모셨지만 어머니께서 교훈하신 그 말씀은 80을 바라보는 지금에도 뇌리에 꼭 박혀 있을 뿐만 아니라 대학 재직 시에 연구실에서도 여학생이 찾아오면 연구실 문을 활짝 열어두었고, 나의 2남 2녀에게도 어머니가 준 교훈에 덧붙여 남자나 여자 할 것 없이 이성과의 관계가 깨끗하고, 금전 문제에서 자유로울 수 있다면 세상 살아가는데 별로 막힘이 없을 것이다라고 말하자 막내 아들은 거기에다가 명예(권력)를 첨가해서 살아간다면 더 좋을 것이라고 했다.

대개 사람들은 출세가도를 질주하다가 넘어지는 함정이 바로 이성문제와 금전문제인 것을 감안한다면 어머니가 귀에뿐만 아니라 마음 깊숙이 심어 주신 말씀이 나를 바로 세우는데 얼마나 큰 도움이 되었는지 말할 수 없을 정도다. 지금 이 나이에도 이성과 말을 할 때는 마음의 문을 닫고 스스로 경계하는 버릇이 있음을 고백하지 않을 수 없다. 이성과 돈은 피하는 것이 가장 좋은 방법이다. 어머니는 비록 학교에서 배우지는 못했지만 정직과 성실을 실천하셨던 분임을 되새겨 보며 오늘 내가 나된 것은 넓게는 하나님의 은혜지만 좁게는 어머니의 영향을 고스란히 받은 셈이다. 고맙고 감사할 따름이다. 제 어머니가 할머니에게 하는 모습들을 보면서 자란 나의 아들 딸들이 나에게보다 제 어머니에게 하는 언어 행동이 그대로 많이 닮아가고 있음을 볼 때, 이 또한 기쁨이 아닐 수 없다.

자녀들아 주 안에서 너희 부모에게 순종하라. 이것이 옳으니라. 네 아버지와 어머니를 공경하라. 이것은 약속이 있는 첫 계명이니, 이로써 네가 잘되고 땅에서 장수하리라. 또 아비들아 너희 자녀를 노엽게 하지 말고, 오직 주의 교훈과 훈계로 양육하라. (에베소서 6장 1-4절)

오늘 하루

오늘 하루는 현재성이 강조되지만 엄밀히 말해서 오늘 하루는 지속성의 용어이기도하다. 어제가 지나면 오늘이 되고, 오늘이 지나면 또 오늘 하루가 되지 않는가. 나는 오늘 하루가 매우 소중하게 인식되기 시작했다. 평소 때는 전혀 의식 못 하고 그냥 시간 가는 대로 살아왔지만 따지고 보면 지금 이 시간이야말로 얼마나 아깝고 귀중한가? 사람에 따라 다르겠지만 그것을 어떻게 활용하는가는 삶을 풍부하게도 하고, 실의에 빠뜨리게도 한다.

나는 지금 분주한 나날을 보내고 있다. 직장에 매여 있을 때보다 더 압박감과 초조함이 엄습할 때도 있지만 이를 잘 극복하고 멋진 오늘 하루를 만들어 가려고 노력 중이다. 새벽 5시면 기침해서 5시 30분에 시작되는 새벽기도로 하루를 열게 된다. 나에게는 이 시간이 얼마나 소중한지 모른다. 영적으로는 기도하니까 맑아지며 잡다한 못된 생각들을 물리치고 청결한 마음을 가질 수 있기 때문이다. 동시에 하나님과의 대화는 기도뿐이지 않는가. 육체적으로는 800보 정도 걸어서 예배당으로 향하니 건강에 도움이 되는 것은 말할 나위도 없다.

실제로 아내와 함께한 시간이 50여 년이 넘고 80이 넘은 나이지만 아무도 그렇게 보는 사람들이 없다. 10년 이상 아래로 보고 있다는 사실에서도 확인되고 있다. 집에서 맨손 체조도 하지만 더 중요한 것은 아내와 함께 하는 숲속에서의 산책이다. 승용차로 50분 정도 가면 대구 수목원이 있다. 대구에 이만한 수목원이 있다는 것은 자랑스러운 일이 아닐 수 없다. 그것도 쓰레기 매립장을 변신시켜 이와 같이 아름다운 숲을 연출해 놓았으니 인간의 노력도 가볍게 볼 것이 아니라는 것을 증명해 주는 듯하다.

1시간 반 정도 산책하고, 고목나무 구멍에서 새들이 들락날락하는 모습을 카메라에 담는 사람들도 보고, 사철 따라 바뀌는 꽃들도 감상하면서 유익한 시간을 보내기도 한다. 어떤 때는 조용히 벤치에 앉아 마로니에 숲에서 그들과 대화라도 하는 듯 마음이 무언지 모르게 말을 이어가는 것 같이 느낄 때도 있다. 귀가 후에는 성경 읽기를 계속한다. 독서광들은 세상의 이야기를 즐기지만 그 모든 근본 사상과 스토리는 성경 속에 다 들어 있다는 것을 모르는 사람들이 많이 있는 것 같다.

목사들 중에서 성경을 읽어 놓고 세상의 책을 성경 위에 얹어 설교하는 분도 있다는 것은 바람직하지 못하다고 여겨진다. 하루에 50쪽씩 읽으려면 약 2시간이 소요된다. 퇴직 후부터 읽기 시작해서 100독을 눈앞에 두고 있다. 아직도 이해 안 되는 부분은 주석 책이나 공동번역, 메시지 성경 그 외에 영어 성경, 번역이 다른 성경 등을 참고하여 이해에 도움을 받고 있다.

성경을 읽을 때는 잡념도 사라지고 하나님의 기기묘묘한 은사들이 그때뿐만 아니고 지금도 역사하고 있다는 믿음도 갖게 한다 그 다음 시간이 나의 자유 시간이지만 더 복잡할 때가 많다. 예측하지 못했던 아내의 부름에 맞추어 전용기사로서 의무를 다해야 하고, 하루가 전날과 같지 않은 이유도 생활의 변화가 생기기 마련이기 때문이다. 어떤 때는 백화점이나 코스트코, 이마트, 홈플러스 등에도 다녀와야 하고 서문시장이나 칠성시장에도 들를 때가 있다.

서울에 거주하고 있는 남매 내외와 손자 손녀들은 예고 없이 만날 시간적 여유는 없지만 대구에 살고 있는 남매와 손자 손녀들은 수시로 만날 기회가 많아 나의 시간 할애가 요청되기도 한다. 교회의 행사에도 꼭 참석해야 할 때는 얼굴을 내밀어야 하고, 초중고대, 장로들의 모임 등에도 빠지지 않고 참석했지만 지금은 코로나19 덕택으로 모임이 취소되어 그 시간을 다른 데 활용할 수가 있지만 생각만큼 잘 이루어지지 않고 있다.

또 의외로 원고 청탁이 있을 때는 지체 없이 일을 시작해야 하고, (나는 한 번도 마감 일자를 어겨본 일이 없다.) 소속된 단체에도 글을 써서 보내야 하는 일은 아내와 시간을 벌려 놓을 때가 가장 적합하다. 아내 동창 모임이 있을 때 모셔다 주고 와서 작업을 시작할 때가 가장 여유를 가질 수 있다. 어떤 때는 나이도 쉴 때가 되었으니 절필할까 생각이 들 때도 있었지만 호흡이 지속되는 한 나에게 주어진 일은 해야 하겠다는 각오가 다시 글을 쓰게 만들기도 한다.

집 안에서 음식은 아내가 맡고, 설거지와 청소는 내 몫이다. 우리 내외는 외식을 즐기는 편이고, 승용차로 야외나 외지로 나들이도 자주 가는 편에 속한다. 수요일 예배와 금요기도회도 결석하지 않고 참석하고 있다. 그러니까 나의 하루는 쉴 틈이 없을 만큼 짜여져 있고, 운전하는 시간이 쉬는 시간이 되기도 한다. 아무리 바빠도 한 번도 낙심하거나 좌절해 본 일은 없다.

하나님께서 언제 불러도 좋다는 잠재의식 속에는 메멘토 모리(Memento Mori 죽음을 기억하라)가 내재해 있는지 모를 일이다. 하나님께서 허락하시는 한 최선을 다해 살아가려고 노력하고 있다.

누가 이상한 사람인가

잡다한 일의 더미에서 자유를 누리며 산다는 것은 일단 행복한 부류에 속한다고 하겠다. 우리는 늘 자유를 그리워하면서도 그 자유를 향유하지 못하고 제도상의 속박이나 마음의 검은 장막에 가리워 구속의 굴레에서 여유 없는 삶을 살아가는 사람이 대부분인 것이다. 나이를 먹는다는 것은 그만큼 여러 면에서 성숙해진다는 의미를 내포하고 있다는 견지에서 나보다 나이 많은 사람은 무조건 존경하는 버릇이 몸에 배었다. 그 대신 내가 다른 사람들로부터 존경을 받으려는 의도와는 무관하다고 여기고 있다.

나이와 연관된 에피소드는 동서고금을 막론하고 매거키 어려울 정도로 흔하지만 오늘날 우리 사회 일각에서 일고 있는 시니컬한 말들을 대면할 때면 실소를 금할 수 없게 한다. 이태백, 38선, 45정, 56도 등은 그 나이 범주에 속한 사람들이 살아가기 힘든 현실을 잘도 풍자하고 있는듯하다. 그러고 보면 정년퇴임은 호사스러운 어휘가 되고 말았다. 그러나, 그것도 아쉬워 더 연장해서 근무하고자 애쓰는 사람이 많은 가운데서도 나의 경우는 전혀 그렇지 않다.

돈 벌 수 있는 기회를 박차고 대학으로 진출했지만 어느 하나 뚜렷이 성취한 것 없이 정년을 맞이하면서 기쁨과 즐거움, 나아가 자유를 만끽할 수 있다는 것에 더 무게를 두고 기대에 찬 나 자신을 바라보면서 누가 이상한 사람인가를 묻고 싶은 심정이다.

규정상으로는 강의를 더 할 수 있는 여건이 조성되어 있지만 이를 거절했고, 고별 강의나 퇴임식도 그 외에 어떤 공식상의 모임에도 참석지 않고 떠날 때는 말없이 조용히 물러가겠노라고 말하고 또 그렇게 행동하는 것이 이상한 사람의 거취인지는 모르겠으나 나는 이렇게 하는 것이 정도라 생각하고 있다.

뒤바뀜의 현상은 우리의 삶에 많은 변화와 예상키 어려운 영향을 주고 있는 경우가 많지만 나에게는 웃음을 주고 있다. 나는 생일이 1월 12일인데 출생신고시에 면사무소 서기가 12월 1일로 바꾸어 등재한 사유로 오늘에 이르러 나는 만 66세를 넘기고 정년퇴임을 하게 되었으니 앞서 말한 풍자적인 나이에 얽힌 어휘들에게는 미안하기 짝이 없는 꼴이 되고 말았다.

욕심이 잉태한즉 죄를 낳고, 죄가 장성한즉 사망을 낳는다는 성경의 말씀이 뇌리를 스치면서 마음을 비우게 했다. 인간이 추구하는 모든 것이 따지고 보면 아무것도 아닌데 우리는 그것에 너무 집착한 나머지 궤도를 벗어나게 되는지도 모를 일이다. 퇴임해서 어떻게 지내시렵니까, 무슨 소일거리라도 준비되었습니까, 등등 위로의 말들을 들려줄 때도 속마음은 웃음으로 가득 차고 그것이 대답으로 대신하기도 한다.

더구나, 책임자로 재임시에 캠퍼스를 이전해야만 학교의 비전이 확실하게 전개될 필연성의 처지에서 교수들의 반발과 갈등, 반목 등으로 인해서 서로의 마음이 편치 못한 때도 있었다. 그럼에도 불구하고 교수협의회에서 비회원인 나에게 석별의 정을 나누자는 초청을 받고서는 강물처럼 흐르는 감회가 넘친 것은 말할 것도 없고, 그들을 사랑하고 포용하고자 하는 마음이 깊은 곳에서 솟아오르고 있음을 감지하면서 기쁨을 감출 수가 없었다. 물론 참석은 않고 다만 지금 이 순간도 교수들을 사랑하고 있다는 말만은 전해 달라고 부탁한 바 있다.

하루를 살더라도 바로 살자는 것이 나의 생활신조다. 오랜 삶을 살아왔다고는 할 수 없겠지만 바르고 성실하게 살아가노라면 아무에게도 적이 되지 않는다는 사실을 다시 한번 확인하면서 남은 생애도 어린애처럼 겸손하고 천진하게 살아가리라고 다짐하기도 했다. 우리가 잘 살 수 있는 방법의 하나는 정직한 사회가 구현될 때라고 믿고 있다.

이제 자유가 찾아 왔다. 바깥으로부터뿐만 아니고 참 자유를 향유하면서 감사와 기쁨을 가지고 즐겁게 살아가리라고 자신과 약속을 하고 있다.

여호와 이레

　일상사에서 상상도 못할 상황에 직면할 때가 있는가 하면 의외로 일이 잘 풀려 누가 도와주어서 성취된 듯한 느낌을 가질 때가 있다. 세상에 허다한 사람들 중에 하필이면 나에게만 중병을 주어 사경을 헤매게 할까. 또는 사업에 실패에 실패를 거듭하면서 죽고 싶은 사람도 있는가 하면 실제로 죽는 경우도 있지만, 자고 나니 만사가 형통하여 권력을 얻거나 재산이 증식되어 하늘이라도 오를 듯한 기세로 뽐내는 사람도 있다.

　성경에는 '여호와 이레' 라는 말이 있다. 창세기 22장에 보면 아브라함이 아들 '이삭' 을 하나님께 바쳐 제사 지내려 할 때 아브라함의 진심을 보시고, 하나님께서 아들 대신 숫양을 예비하였다가 제사를 지낸 기록이 있다. 그 땅 이름을 '여호와 이레' 라 불렀는데, 그 뜻은 대체로 '주(여호와)께서 준비하심' 으로 풀이하고 있다. 이럴 경우 믿지 않는 사람에게는 우연이란 말로 대체하기도 하고, 막연하게 천지 신명이 도왔다고도 한다.

　나는 지금까지 살아오면서 일의 고비 때마다 누군가 준비해 두었듯이 멋지게 극복해 나간 일들이 너무 많아서 일일이 나열하기가 쉽지 않다. 너무 가난하여 공부를 계속하기가 어려운 역경에서도 끝까지 학업을 마친 일이나, 대학에서 퇴임한 것이나, 건강을 주신 하나님께 진심으로 감사와 영광을 드리고 있다.

노후의 대책에 부심하고 있는 주위의 사람들을 보면서 매달 은행 통장으로 보내오는 연금을 받을 때마다 신기함을 갖게 된다. 30여 년간 몸담고 일하던 직장에서 노력한 결과물이긴 하지만 당연하다는 생각보다는 이렇게 제도적으로 잘 운영되어서 죽는 날까지 그리고 내가 먼저 죽으면 아내에게까지 혜택을 줄 수 있다는 사실 앞에 늘 감사하다는 말로 표현할 수밖에 없다. 물론 하나님이나 어떤 신을 믿지 않는 사람은 대수롭지 않게 여길지 모르나 나에게만은 그렇지 않다.

다른 직종으로 옮길 수 있었던 기회가 여러 번 있었지만 교직을 고수할 수 있었다는 점에서도 그렇고, 퇴직 후 아들들을 위해서 사용해야 할 많은 금액이 필요했지만 연금을 일시불로 받지 않고 전액을 연금으로 정리한 것도 정말 잘했다고 생각되기 때문이다. 금리가 높았을 때 일시불로 수령한 사람의 경우는 후회가 이만저만이 아니라고 듣고 있다. 〈퇴직 연금가〉가 익명의 독자로부터 알려지게 된 것도 그런 연유일 것이다. 여기에 필자도 전해오는 4음보로 된 가사를 소개하려한다.

〈퇴직 연금가〉
받지마소 연금을랑 일시불로 받지마소
그돈받아 떨어지면 내몸둘바 없는지라

후회되네 후회되네 일시불로 받은연금
나몰랐네 나몰랐네 후회될줄 나몰랐네
권고하네 권고하네 직장인에 권고하네
다달연금 받게되면 주지않고 받지않고
병들면은 병원가고 배고프면 식당가고
더우면은 바다가고 추우면은 온천가고
심심하면 구경가고 친구찾아 환담하고
하고싶은 가지가지 마음대로 할수있어
퇴직연금 두고보면 다달마다 평생직업
늙은부부 마음편해 걱정없이 늙어가리
간곳마다 환영받고 먹고입고 걱정없이
물심양면 편할레라 그얼마나 좋을는고
늙은부부 서로위로 자식한탄 하지말자
일시연금 찾아놓고 축날까봐 근심걱정
이자식이 조금달라 저자식이 조금달라
일가친척 고달프면 저축하고 안줄소냐
안주면은 마음불안 주고나니 살길아득
내손에돈 떨어지면 아들며늘 찾아가도
하루이틀 좋지마는 사흘나흘 괴롭구나
자식얼굴 쳐다보고 창살없는 감방이라
오장육부 꽁꽁묶여 언어행동 부자유라
월급타던 그옛날엔 아범어멈 오십니까
할배할매 반가워서 온집안이 화기애애
일시연금 다푼후에 서먹서먹 귀찮듯이
손과발이 오므라져 마음쓰려 못있겠네
일시연금 찾은후에 자식원망 하지말고
다달연금 받으면서 생활안정 다져두세

118

연금받는 얼굴에는 매달마다 기쁨넘쳐
직장생활 연장같이 위로되고 즐겁구나

　퇴직할 때 연금으로 하지 않고 일시불로 받은 사람은 그 돈을 이미 다 소진했거나 높은 이자에 현혹되어 한 푼도 만져 보지 못하고 남에게 좋은 일 한 사람도 있을 것이다. 이 〈퇴직 연금가〉만 하더라도 연금수혜자가 아니고, 낭패를 당한 사람의 심정을 토로한 것이리라. 자기 분수를 알고 순리대로 살아가면 기쁨이 오고 감사의 마음이 생기게 되는 것이다.

　나는 지금까지 경험해 보지 못한 희열과 감사의 마음으로 살아가고 있다. 한평생 시간의 자유를 묶어 두고 살아온 터에 시간의 자유를 향유하게 되고, 제도 속의 속박에서 풀려나 해방감을 만끽하게 되니, 이제사 내가 읽고 싶은 책을 읽거나, 쓰고 싶은 글을 쓸 수 있게 된 것이다. 사람은 자기가 직접 체험해 보지 않고는 이해가 어려운 것도 사실에 속한다.

　늙으면 늙은 대로 또 살맛이 있다는 이치도 늙어봐야 실감을 갖게 될 것이다. 나는 지금 이 순간도 '여호와 이레'를 절감하면서 평안을 누리며 살아가고 있다.

묘한 만남

　처음 시애틀을 방문한 것은 2001년 12월이었다. 사위와 딸이 시애틀 근교 에드먼드에 살고 있었고, 사위는 워싱턴 대학에 교수로 재직 중이었다. 그때 샌프란시스코, 로스앤젤레스, 라스베가스, 그랜드캐니언, 요세미티 공원 등을 두루 관광할 수 있었다. 그 후 2004년에는 4개월 10일간 체류하면서 알래스카까지 관광했을 뿐만 아니라 시애틀의 관광 명소인 다운타운에 있는 스페이스니들 전망대, 스타벅스 커피 1호점, 파이크플레이스 마켓, 노드스트롬 본사 등의 쇼핑센터, 언더그라운드, 배 타고 시애틀 야경 구경, 보잉사 박물관, 수족관, 화산 분출하는 마운틴 헬렌, 레이니어 산, 독일 마을, 보잉사 비행기 공장, 마이크로소프트 본사, 빌 게이츠 집(직접 안에는 들어갈 수 없음) 등을 관광했다.

　2008년에도 약 4개월간 머물면서 주로 캐나다 등지를 구경할 수가 있었다. 이런 내용의 나열은 이 글에서는 별 의미를 부여할 수가 없고, 가장 인상 깊었던 것은 퓨젯 사운드의 쪽빛 바다가 아름답게 내려다보이는 머컬티오에서 저녁 무렵, 붉게 타오르는 낙조로 사실적으로 표현할 수가 없을 만큼 황홀했다. 2001년 처음 시애틀에 갔을 때, 주일날 시애틀 연합장로교회에서 예배드린 후 간단하게 인사만하고 별로 관심 없이 귀가했는데, 2004년에 방문했을 때는 시간과 마음의 여유가 있어서 예배당을 두루 살필 수가 있었다.

그때 나의 시각을 한곳에 고정시키면서 소름이 끼칠 정도로 놀란 것은 교회 설립자 액자에 나타난 안성진 목사님의 사진이었다. 안 목사님은 1953년 대구 달서교회에 담임목사로 시무했는데, 50년이 흘러 『달서교회 50년사』를 편찬하는 책임자로서 당시 목사님의 사진을 구하지 못했을 뿐만 아니라 행적도 파악하지 못해서 사진은 게재하지 못하고 공백으로 남겨 둘 수밖에 없었다. 그런데 시애틀에 와서 알게 되었으니 나로서는 감격과 함께 감개무량한 충격으로 받아들여지게 되었던 것이다.

그래서 자초지종 물어본 결과 사모님과 그 가족 일부는 교회에 출석하고 있지만, 목사님은 2년 전에 돌아가셨다는 말을 듣고, 처음 시애틀에 갔을 때, 알았다면 만나 뵈올 수 있었을 터인데 못내 아쉬움으로 남아 세심하지 못했던 그때 일이 후회가 되기도 했다. 그날 사모님을 만나 뵙고, 또 그의 딸 안문자 집사와 사위되시는 이길송 장로님을 만나 옛날 이야기를 나누고 헤어졌지만, 그 후에도 여러 번 직접 만나 식사도 하고, 크리스마스 카드 교환도 하면서 관계가 지속되었다.

귀국해서 안성진 목사님 사모님과 그의 가족을 만난 보고를 하고, 본 교회에서 예의를 갖추어 성의를 표하기도 했다. 2008년에도 우리의 만남은 계속되었고, 사모님은 미수米壽에 이르렀는데도 깨끗하고 건강하셨는데 2009년에 세상을 떠났다는 소식을 듣고는 그렇게 놀라지는 않았다. 세상 사람들이 다 가는 길이라는 엄연한 이치와 나도 그 길에 가까이 와 있다는 당연한 현실이 눈물도 슬픔도 가라앉히고 있었다. 그런데 목사님의 딸 안문자 집사는 연세대 출신으로 수필도 쓰고, 음악에도 조예가 깊은 분이고, 사위되시는 이길송 장로는 목사님 살아계실 때 가장 가까이에서 목사님과 소통의 통로였으며 서울대 상대 출신으로 인품도 존경할 만하지만 재능도 뛰어난 분이라 사귈수록 인간 냄새가 물씬 풍기는 이들과의 만남이 무엇보다 값진 것으로 마음에 담고 있다.

2012년 9월에 택배가 도착했는데 열어보니 안문자 씨 글과 그의 남동생이자 유명한 조각가인 안형남의 그림이 담긴 『사랑하는 우리 아버지』라는 책자였다. 어린이만을 그토록 사랑했던 안성진 목사님의 모습과 그가 쓴 자서전의 필력에 감탄했던 기억이 오버랩되었다. 2004년도에 그의 가족과 만난 자리에서 안성진 목사님을 소재로 해서 소설을 써도 괜찮다는 승낙을 받은 후에 그의 자서전을 펼쳐 소설 서두를 쓰다가 중단하고 말았던 과거가 되살아났다. 그것은 내가 쓰려는 의도대로 되지도 않았고, 그의 뛰어난 문장력에도 미치지 못한 점을 간파했고, 또 하나는 소설 쓰기에 몰두하기에는 내 나이가 용서하지 않았기 때문이었다. 나는 안문자 씨의 아버지를 생각하는 간절한 마음을 담은 『사랑하는 우리 아버지』를 읽고 시애틀 근교에 위치한 머컬티오에 살고 있는 할머니가 된 안문자 씨와 그의 부군 이길송 장로에게 답장을 보내려고 준비하고 있다. 좋은 사람과의 만남이 이토록 기쁘게 할 수 있다는 세상사의 한 가닥을 새삼 깨달으면서, 세상은 넓은 것이 아니라 좁다는 생각과 만남은 우연이 아니라 필연이라는 지론이 고개를 들고 있다.

순응順應

　인간은 시시각각으로 변화하는 상황에 순응하도록 되어 있다. 생물들이 자연과 인간이 만든 외형에 익숙하지 못하면 도태淘汰되듯이 인간 역시 적응하지 못하면 살아남기 힘들게 되어 있다.

　노아 홍수 이후 맞이한 코로나 바이러스의 팬데믹汎流行에 전 세계가 움츠리고 있는 현상을 보면서 눈에 보이지 않는 바이러스에 나약해진 인간 군상들. 엄연히 존재하여 천지창조와 지금도 세계를 섭리하시는 하나님을 모르는 인간들과 연약한 믿음을 가진 사람들에게 경종을 울리고 있다는 사실을 직시해야만 할 것이다.

　전염 예방을 위해서 국민들에게 요청한 수칙 때문에 생활에는 크게 지장이 없었지만 예배당에 모여 예배를 제대로 드리지 못한 것이 불편했다. 또한 초중고대 등 정례 모임이 취소되어 그리운 얼굴들을 보지 못한 것이 아쉬움으로 남았다.

　경계태세가 완화되기 전까지는 매일 5시에 일어나 30분간 기도하고, 7시까지 성경 읽기로 하루를 시작했다. 예배시간에는 스마트폰으로 받아 TV에서 영상으로 예배를 드릴 수 있었다. 그러나 대면해서 함께 모여 예배할 때처럼 경건하지는 못했다. 지금은 많이 완화되어 마스크를 쓰고 일정한 거리를 유지하면서 예배를 드리게 되어 조금은 위로가 되고 있다. 특기할 만한 것은 공중목욕탕이 폐쇄되어 집에서 목욕을 했고, 조금 지나서는 멀리 군위 백송온천을 찾게 된 점이다. 물론 지금은 시내 목욕탕들이 문을 열어 편의를 제공해 주고 있다.

또 하나는 평소와는 달리 마스크를 착용하지 않아도 되는 곳, 강정 고령보 근처 하천둔치 자연보호 생태동산이나 가산 산성 등에서 산책한 예가 되겠다. 멀리 문경관광모노레일과 청풍호 관광모노레일에 탑승하여 정상에서 자연경관을 감상할 수도 있었다. 평상시에는 두류공원이 산책의 거점이었지만 사람들이 많이 붐벼서 대구수목원으로 코스가 바뀌기도 했다.

마스크는 한 번도 구입하지 않았다. 아파트 관리실에서 몇 번 보내 주었고, 대구기독방송국에서 교회를 거쳐 전달된 선물 세트 속에 마스크가 몇 장 포함되어 있었다. 문경관광모노레일 탑승권을 구매할 때 마스크가 지급되기도 했다. 실제로 마스크를 쓰고 생활하는 시간이 적어 한 장으로도 여러 날 사용할 수 있었기 때문이다.

구매가 완화된 후에는 며느리와 딸이 보내준 100장으로 넉넉하게 사용하고 있다. 일상생활에서 가장 불편을 느끼는 것은 마스크 착용이다. 중대본에서 방역수칙을 권고할 때는 그대로 준수하는 것이 자신에게나 타인에게도 도움이 된다는 사실 앞에 불편은 하지만 충실히 이행하면서 익숙해져 가고 있다. 순응이야말로 불편을 해소하는 방법임을 알게 해 주었다.

그야말로 한 번도 경험해 보지 못한 국가재난 지원금이 지급된다는 소식에 나는 그것 없어도 생활하는데 지장이 없으니까 수령하지 않으려고 했다. 그러자 아내가 그것 받아서 개척교회에 헌금하면 되지 않느냐고 해서 60만 원 상품권을 받아 헌금하기도 했다.

그나마 일상생활에서도 재래시장을 비롯해서 대형마트나 백화점에도 마음대로 출입할 수 있고, 먹고 싶은 식당을 찾아 음식을 먹을 수 있다는 것이 얼마나 감사할 일인가.

지금도 완전히 코로나 발병 이전으로 돌아가지는 않았고, 이후에 전개될 미래의 불확실성에 대해서도 염려할 필요가 없다고 본다.

하나님의 섭리에 순응하면서 굳건한 믿음 갖고 끊임없는 기도 생활하면서 살아가면 밝은 내일이 기다리고 있을 줄 믿고 있다.

이 또한 지나가리라(솔로몬)

엄마와 나의 처

나는 어릴 때부터 어머니가 세상을 떠날 때까지 어머니라는 말 대신에 엄마라는 말이 더 친근감이 있고, 익숙해져서 그렇게 불렀다. 막내였기에 엄마로부터 사랑을 더 받은 것 같기도 하다. 큰형은 형수와 질녀 하나를 남겨두고 일본 외삼촌댁으로 갔고, 중형과 함께 50년대의 모진 가난의 긴 터널을 헤쳐 나왔다. 그동안에 형수도 질녀 하나를 남겨둔 채 밀항하여 일본으로 가버렸고, 엄마와 형, 나와 질녀, 네 식구만 남아서 그야말로 삶의 투쟁을 하면서 얼굴이 비치는 죽으로 연명을 했지만 한 번도 낙담하거나 좌절과 실의에 빠진 일은 없었고, 그것을 지금 생각하면 즐기면서 살아온 것 같기도 하다.

형이 입대한 후에는 10대 초반의 소년인 내가 생계를 책임져야 했고, 그러면서도 배움에 대한 열정은 더 강렬하여 쉬지 않고 책을 가까이할 수 있었다. 형이 제대하고 결혼한 후에는 고부간의 갈등이 심심찮게 불거져 형수가 질녀 친구 보는 앞에서 무참히 구박하는 것을 보고는 더 이상 참지 못하여 분노를 터뜨리고 말았다. 그날 형님에게 두 분이 재미있게 살도록 엄마와 질녀를 데리고 떠날 터이니 이해해 달라고 간곡히 부탁했다. 형님은 어림도 없이 반대했지만 나의 의지가 더 강해서 그날 손수레에 필요한 가재도구 몇 가지 싣고 세 사람은 월세방을 얻어 분가했다.

나는 그때 고등학교 교사로 근무했고, 생활에는 큰 지장은 없었지만 화장실 하나밖에 없는 집에 여러 세대가 살다 보니 그것이 제일 불편했다. 더구나 나는 화장실 사용시간이 긴 편이라 눈치 보느라 그것이 더 곤혹스러웠다. 바깥 수도 있는 쪽에 세수하러 나올 때에는 다른 사람들이 없는 틈을 엿보아 재빨리 사용해야 하는 어려움도 감내해야 했다. 남의 집에 세 들어 살아본 적이 없는 사람은 이 상황을 이해하지 못할 것이다.

형수는 나보다 한 살 아래였고, 가방 끈도 넉넉하지 못한 편이지만 성격이 아주 특이해서 말도 모질게 할 뿐만 아니라 자기 성질대로 시어머니에게도 여과 없이 그대로 내뱉었다. 엄마도 온순한 편은 아니었기에 그럴 때마다 큰 소리가 나기 마련이었다. 분가한 후에도 가끔 손자들도 보고 싶어 형님 댁에 다녀온 날에는 늘 우울한 표정으로 분을 삭이었다. 그래서 가능하면 방문 횟수를 줄이시라고 해도 분이 어느 정도 가라앉으면 또 가시곤 했다.

가서 돌아올 때마다 예외 없이 밝은 모습은 볼 수 없었다. 내가 결혼한 후에도 똑같은 일이 반복되었다. 나는 맞선을 볼 때마다 제일 먼저 내건 조건이 어머니를 모시고 살 테니 어떠냐고 물었다. 나는 결혼하기 전 수 년 동안 배우자 선택을 위해서 끊임없이 기도했다.

지금은 고교 교사지만 내가 앞으로 신분 상승이 되었을 때, 나의 아내로서 손색이 없는 사람을 그리고 엄마를 잘 모실 수 있는 여인과 짝이 되도록 애원했던 것이다.

17년간 함께 살면서 나보다 더 시어머니를 잘 모시는 것을 보고, 엄마 세상 떠나시면 엄마에게 향한 나의 지성을 모두 당신에게 쏟겠노라고 말하기도 하였다. 물론 그 약속을 지키고 있다. 엄마가 몸이 불편해서 움직이기 어려울 때 욕실에 안고 가서 목욕시켜 드리고 어린아이 다루듯이 고이 모셨을 때 '너희들은 복을 받고 잘 살 것이다' 고 축복의 말씀을 여러 번 하셨다.

큰형님이 두고 간 질녀를 결혼시켰고, 나의 슬하에 2남 2녀가 그 후손까지 국내외에서 잘 사는 것을 보면 엄마의 축복의 말씀이 그대로 우리에게 실현되고 있다. 어른의 한 말씀이 얼마나 소중한 무게로 적용되는지를 실감하고 있다. 교회 권사로서 83세에 하나님의 부르심을 받을 때도 나는 대학 강단에서 강의하고 있었고, 집사람이 임종을 지켰다는 사실도 나에게는 의미 있게 새길 만한 사건이었다.

아버지 없는 세 아들의 보살핌도 컸지만 특히 막내인 나에 대한 애정은 각별했고, 나 역시 엄마 없이는 못 살 것 같기도 했던 기억이 새삼 오늘에야 더 느껴지는 것을 보면 나도 이제 제법 나이가 들고 철이 들었는가 보다 하는 생각이 든다. 자식이나 아내 자랑은 바보들의 행동이라고들 말하지만 나에게 엄마와 아내의 고마움은 필설로는 다 표현할 수가 없다.

형수는 60을 넘기지 못하고 가셨고, 형님도 이 세상 사람이 아닌 지금, 아내도 70을 넘어 세상 사람들이 가는 길을 가고 있지만 나에게 있어 아내는 젊은 여자로 보이는 것은 이 또한 얼마나 행복한 일인지 모를 지경이다. 나는 지금도 하루를 살더라도 인간답게 겸손하고, 남에게 격려와 사랑, 칭찬의 말을 하면서 살아가리라는 결심을 다지고 있다. 사는 게 별것 아닌데 우리는 너무 쉽게 분노하고, 탐심을 가질 때가 많은 것은 마음을 비우지 못했기 때문이리라. 나는 오늘도 빈 마음으로 풍요로운 삶을 살려고 계속 노력하고 있다.

나의 두 아들과 두 사위

　오늘도 새벽기도를 마치고 집으로 돌아오면서 주 안에서 정직하고 성실하게 살아야 되겠다는 마음을 다지며, 비록 성자는 못 되더라도 그 주변에서나마 서성거리며 살고 싶은 욕망을 잃지 않고 있다. 젊어서는 날카로운 말로 남의 마음을 아프게 한 일이 한두 번이 아니었으나, 백발과 함께 흘러가 버린 날들을 이기지 못하고 기세가 꺾이면서 의식적으로 사랑과 칭찬, 격려의 말만 찾아 쓰려는 노력을 게을리하지 않고 있다. 그렇지만 인간의 한계를 넘지 못하고 때로는 마음 한 구석으로부터 선善을 누르고, 악惡이 고개를 내밀 때도 있음을 느끼기도 한다.

　나는 30년대에 태어나서 60년대에 결혼하여 2남 2녀를 두게 되었고, 이들은 다 장성하여 가정을 이루고 있다. 지금도 4남매의 어릴 때의 사진을 소액자에 담아 그것을 늘 사랑스러운 눈으로 보면서 즐거워하고 있다. 딸, 아들, 딸, 아들 순인데 큰딸은 독일에서 유학하여 피아노 연주자로서 최고과정을 마치고, 생명과학을 전공한 과학자와 결혼하여 지금은 대학에 출강도 하며, 세 딸을 기르는 주부의 역할도 잘 감당하고 있다. 사위는 이학박사로서 시애틀에 있는 워싱턴 대학에서 10년간 연구교수로서 재직하다가 과학기술원 교수로 초빙되어 후학들을 가르치는 중이다. 이 사위의 주선으로 우리 내외는 시애틀 인근을 비롯해서 캐나다, 알래스카, 미주 서부 일대는 다 관광할 수 있었고, 여러 번에 걸쳐 1년쯤 미국 생활 경험도 갖게 되었다.

이제 희수喜壽가 되어 그 많던 의욕과 어설픈 문학박사도, 실력도 없는 교수직도, 학문과는 거리가 먼 학장도 옛 향기처럼 날아가 버리고, 앙상한 뼈만 남은 형국이 되고 말았다. 그러나 아직도 나이를 잊고 젊은 사람처럼 행동하는 착각에 머물러 있으니, 이 또한 어정쩡한 사람이 아닌가. 그러면서도 절망할 줄도 모르면서 살아온 내 자신이 많이 부족한 것을 깨닫게 해 준다. 나는 늘 승용차를 운전하고 다니는데 간혹 지하철이나 버스를 이용할 경우, 애기를 데리고 타는 젊은 엄마나 나보다 많지도 않아 보이는 늙은이를 보면 선뜻 일어서는 습관이 있는가 하면, 아파트 수위를 보면 나보다 나이가 많다고 생각하고 먼저 인사를 할 때가 많다.

큰아들은 경제학박사인 교수로서 대학 학장 보직도 가졌고, 지금도 사회의 여러 곳에서 활동하며, 두 아들의 애비 노릇을 하고 있다. 며느리는 은행 차장으로 근무하면서 자기 일에 열중하고 있으니, 경제적으로는 윤택한 편에 속한다고 해도 과언은 아닐 것 같다. 둘째 사위는 의학박사로서 교수로 근무하다가 개인 의원을 차려 성업 중이며, 1남 1녀를 두고 있다. 딸은 시립합창단에서 활동하다가 지금은 자녀를 양육하며 교회를 비롯하여 여러 곳에서 봉사하고 있다.

막내아들은 목사로서 국내에서 석사학위를 받고, 다시 영국에서

8년간 수학하여 석사와 Ph.D 학위를 받아 교수로 초빙되었으나, 자기는 목회자의 길을 가야 한다면서 목회를 고집하여 사역하고 있다. 며느리는 중국에서 공부하여 능숙하게 중국어를 구사할 줄 알기 때문에 여러 곳에서 봉사할 기회가 있었지만 2남 1녀를 둔 엄마로서 애들 교육에 골몰하고 있다. 그리고 보니 나를 필두로 차례대로 박사학위를 가진 집안이 되어 박사가정이란 좋은 별명이 붙게 되었고, 목사를 제외한 세 사람은 모두 장립집사로서 교회에 충성하고 있다. 명절이면 손자 넷, 손녀 하나, 외손자 하나, 외손녀 4명 등 모두 20명의 가족이 모이게 된다.

나는 30대에 장로가 되어 형 내외와 조카들도 있었지만, 아버지는 어렴풋이 기억될 정도의 나이에 돌아가셨고, 홀로 우리를 키우신 어머님을 모시고, 내 딴은 집 사람과 함께 성의를 한다고 했지만 사별후에야 미진했던 일들이 생각이 나서 쓸쓸한 마음을 가질 때도 있었다. 나는 물질문제로 하나님께 간구한 기억은 별로 없다. 내외가 건강하게, 막내목사 목회 잘 하도록 그리고 세 명의 장립집사인 아들과 사위들, 그 자녀들, 100여 명이 넘는 교역자들 , 선교사들, 시무장로님들과 통치자들, 국가와 민족을 위해 매일 새벽마다 기도하고 있다.

우리 가정이 이렇게 된 것은 나의 의지나 능력으로 된 것은 하나도 없고, 오직 하나님의 은혜의 결과임을 깨닫게 될 때 늘 마음속에서 솟아오르는 감사를 감당하기 어려울 정도다. 세월이 지날수록 세상과 나는 간 곳 없고, 하나님의 영광만 나타나도록 힘쓰며, 더욱 낮아지며, 겸손하게 생활하기를 소망하며, 경건하게 살아가리라는 마음을 굳게 하고 있다.

3부
인생의 가을

겉 사람은 낡아지지만 속사람은 항상 향기를 뿜으며 살아가는 것도 풍성한 삶을 영위하는 지혜가 아니겠는가. 나는 이 순간도 이 자유로운 여유와 더불어 기쁨과 즐거움을 가지고 살아가고 있다.

60년을 지나면서

나이가 들수록 인간은 정말 묘한 존재라는 생각을 갖게 된다. 하나님이 없다고 강변하거나, 사람이 만든 신神이라고 주장하는 그 이면에는 하나님이 있다는 것과 사람이 만들지 않은 신도 있다는 전제가 될 때 성립되는 말이기도 하다. 무엇보다 인간을 이해하기 힘들게 하는 요인으로는 너무 많아서 매거枚擧키 어렵지만 성경과 불경의 그 많은 양이나 사서삼경과 기타 많은 책들은 다 인간에 관한 것들을 다루고 있다는 점만 보더라도 단순치 않음을 확인시켜 주고 있다.

나는 퇴임한 지 10년이 되었지만 현직에 있을 때보다 바쁜 나날을 보내고 있다. 그럴 수밖에 없는 것은 초, 중, 고, 대 동기동창회와 장로회 모임 두 군데, 문학단체에는 부정기적이지만 대구문협, 죽순문학회, 대구기독문학회, 경맥문학회(경북중고문학회), 상화기념사업회, 가끔 문학상 심사위원, 교회 활동, 하루의 시작을 새벽기도에서 비롯하여 음식은 아내가 만들지만 설거지를 맡아서 할 뿐만 아니라 39평 아파트 집 안 청소, 쓰레기 버리기, 성경 읽기, 책 읽기, 글쓰기, 걷기운동, 바둑은 아마 3단 정도는 되지만 2년 전부터는 바둑 둘 시간이 없어서 포기하고, 아내 전속기사 노릇까지 하자니 바쁠 수밖에 없지 않은가. 그래도 예전과는 달리 국산품도 성능이 좋아져서 70여 년간 사용했지만 일부는 수리하고 약간 떨림은 있지만 운행에는 별 지장이 없다. 100세를 운위云謂하는 것을 봐서는 아직도 유효기간이 좀 남아 있어 용도 폐기될 정도는 아님이 분명해 보인다.

모임 중에서도 초등학교 동기동창회가 가장 마음에 와닿는 것은 졸업한 지 60년이 지나 나이로는 70대 중반에 이르렀지만, 만날 때마다 동심으로 돌아가는 것이 무엇보다 기쁘고, 언어의 존대법이 적용되지 않을 뿐만 아니라 이해타산도 개입되지 않고, 게다가 연회비도 없고, 결석해도 밀린 회비 걱정할 것 없고, 매달 만날 때마다 회비 15,000원만 내면 점심식사하고 차 마시면서 환담할 수 있어 좋은 것이다.

대구서부초등학교 8회는 여학생 2반, 남학생 4반이 졸업했는데 우리 모임도 남녀 같이 모이다가 그 후 남학생들과 여학생들이 따로 분리되고, 야유회 갈 때는 동석하기도 했지만 이제는 낙엽처럼 사라져 여학생 모임은 없어지고, 남학생 모임만 매달 20명 정도 모이고 있다. 학력은 초등학교가 최종 학년인 회원과 박사학위 소지자까지 다양한 것도 좋지만 직업도 각양각색인 데다가 지금은 거의가 자유로운 몸이지만 아직도 쌀장수, 연탄장수, 안경원 등 몇몇은 현역으로 활동하고 있다.

이들이 왜 좋으냐 하면 무엇보다 사람이 순수하고, 내가 학력으로는 제일 높지만 눈높이에 맞추어 친구들을 사랑하게 되니 즐겁고, 지금은 학력도 직업도 사회적 지위도 재산의 유무도 다 평균화된 나이이기 때문에 그야말로 초등학교 재학생 시절처럼 장벽이 없기 때문이다. 머리에는 서리가 내려앉고, 얼굴에는 주름이 세월을 이기지 못하고 깊이 자리를 남겨도 웃음을 잃지 않는 모습이 정겹기만 하다. 돈을 아주 많이 모은 친구들과 제 딴에는 좀 배웠다는 친구들, 그리고 잘 나간다고 스스로 생각하는 친구들은 아무리 연락을 해도 아예 얼굴을 비치지 않기 때문에 우리들의 모임은 더 유유상종의 의미가 빛을 내고 있는 셈이다.

돈을 모으기만 하고 쓸 줄 모르던 친구가 동기들에게 베풀려고 흉내를 내다가 작별을 고하기도 하고, 친구 몇 명이 고스톱으로 음식사 먹기 위해 모은 돈을 독식하면서까지 욕심을 부린 100억 대의 재산가도 뒤로 넘어져 세상을 하직하는가 하면 공장을 경영하면서 아내를 몇 번 바꾼 이도 70을 채우지 못하고 이별을 고하고, 병마에 시달리다가 산으로 옮긴 사람, 지금도 투병하는 회원이 있는가 하면 건강을 자랑하며 젊은이 못지않게 활동하는 사람도 있다. 이 작은 집단이지만 인간사의 단면을 보는 것 같아서 더 흥미롭고 무엇보다 사람냄새가 짙게 풍기는 곳이 바로 이 초등학교 동기동창회이기도 하다.

밤낮 가리지 않고 연구하며 무한도전에 열중하는 젊은이들이 있는 반면에 우리처럼 황혼의 들녘에서 매일 즐겁게 살아가는 군상도 있다는 것이 어떤 의미에서는 복합적인 사회 구조 속에서의 조화가 우리의 삶을 더 풍요롭게 하는지도 모를 일이다. 아무튼 우리가 사는 사회는 이해하기 어려울 만큼 복잡 미묘하지만 재미있고 살 만한 곳이기도 하다. 문제는 내가 좋으면 다 좋은 법이다. 또한 인간의 깊이를 모르고 사는 것이 더 행복하고 즐거울지도 누가 알겠는가.

동기 동창회

　나는 요즈음 동기 동창회에 참석하는 즐거움을 누리고 있다. 어느 모임보다 동기 동창은 말에 간격이 없고, 대면하기가 편해서 좋다. 사실 동창회에 참석하는 면면을 보면, 재미있는 생의 또 다른 모습을 맛볼 수 있어 좋다. 조금 젊었을 때는 이해득실을 계산해서 재력이 있거나 권력기관의 장이 된 친구를 이용해 보려는 의도로 참석하여 자기의 목적을 달성하려는 사람도 있고, 실제로 손해를 입힌 일도 속속 늘어가면서 얘깃거리가 되기도 한다. 주위를 압도할 만한 재력가나, 높은 지위에 오른 벼슬아치들, 또 여러 사람들 앞에 나서기 싫어하는 성품을 지닌 소극적인 사람, 밥 먹기가 어려운 처지에 놓인 친구들은 아예 참석지 않는 속성도 지니고 있다.

　나는 초등, 중등, 고등, 대학 동기 동창회에 열심히 참석하고 있는데, 초등학교 동창회와 대학 동창회는 출발 때부터 꼭 참석하고 있었지만, 중등학교 동창회는 근래에 와서 참석하고 있다. 그것은 중고등을 합해서 조직되어 있기 때문에 중학교와 고등학교가 동일한 사람도 있고, 중학교와 고등학교를 각각 달리 졸업한 사람도 있어서 조금은 낯설고, 모르는 사이면서 동창회에서 만나게 되니 어색한 면도 없지 않았다. 또 장로인 나는 주일에 모임을 갖기에 참석할 수 없었지만, 지금은 평일에 모이기 때문에 부담 없이 참석하고 있다. 고등학교의 경우는 월반해서 다른 학교에서 졸업했지만 입학동기생이라 참석하라는 권유에 못 이겨 기쁜 마음으로 참석하고 있다.

대학 동기생들은 58년도에 입학했기 때문에 58문우회라 명명하고 부부가 함께 매달 모임을 갖고 있다. 동기 동창회의 특징 중 하나는 앞에서도 언급했지만 오가는 말에 전혀 신경 쓸 이유 없이 자유롭다는 점이다. 이제 70을 훌쩍 넘은 나이라 외모에서도 두드러질 정도로 변화가 많이 일어나고 있지만 만나면 학창시절로 돌아가는 기분을 갖는다. 제일 정겨운 모임은 초등학교 동기동창회다. 그것은 어릴 때 만났다는 점도 있지만 초등학교가 최종 학력인 사람도 있고, 중학교, 고등학교, 대학교 등 학력이 다양하지만 가장 순수하고 소통되는 감성도 더 풍부하기 때문이다.

세상사가 묘한 것은 배울수록 겸손해지고 남을 배려하는 마음이 더 넓어야 되지만 그렇지 않고 도리어 덜 배운 사람들이 더 순수하고 인간 냄새가 짙다는 점이다. 이제 과거의 그들이 무엇을 했건, 재력이 있건 없건 무관하게 부담 없이 만날 수 있다는 것이 기쁠 뿐이다. 지금은 모든 것을 내려놓고 친한 벗들과 만나서 환담한다는 그 자체가 아름다운 것이다.

자연이 아름답다고 말하지만 진실한 마음이 담긴 우정이야말로 더 찬란하지 않은가. 요즈음 매달 동창회 4번, 장로 모임 2번, 부정기적인 문학모임 등 모이는 곳에는 빠지지 않고 참석하고 있다. 이제 진정으로 나도 늙었다고 의식은 하지 않지만 여러 정황으로 볼 때 늙었는가 보다. 전에는 핑계가 불참의 원인 제공이 되었지만 지금은 핑계도 쓸모없이 되었고, 말수도 줄이고, 어린애처럼 겸손한 자세로 남을 나보다 낫게 여기는 마음가짐과 동시에 실천에 옮기려고 의식적으로 노력하고 있다.

세상일이 복잡하고 인간관계가 이해하기 어려울 정도로 얽혀 있지만 동기 동창회는 단순화되고, 소통이 원활한 삶의 한 단면을 보여 주면서 같이 늙어가는 모습이 정겨울 뿐이다. 고인이 된 친구도 자꾸 늘어나고, 짝을 잃은 친구도 불어나는 추세에 접어들고 있기 때문에 살아 있다는 것만으로도 감사하고 즐거움을 누릴 수 있는 것이다. 지금의 동기 동창회에 참석하는 친구들은 하나같이 나 죽지 않고 살아 있다는 증거로 나타나고 있다고 보면 정확한 답변이 될 것이다. 장례차량 뒤에 이삿짐 싣고 따라가는 것 볼 수 없는 것이 현주소가 아닌가. 그리고 보니 지금이 가장 행복하고 여유가 있는 삶의 현장이기도 하다.

과부 사정은 과부가 제일 잘 알듯이 늙어 봐야 늙은 사람의 정황을 알지, 젊은이들이 알기에는 그들의 나이가 너무 어리다는 말이다. 늙은 것이 서러운 것이 아니라 무르익은 과일처럼 더 단맛이 나는 모습을 후손들에게 보여 준다면 이 또한 기쁜 일이 아니겠는가. 나는 비록 헐렁한 세월을 살아왔지만 늙은이를 찬양하는 글들이 많아지고 있음에 스스로 놀라면서 성과물이 없는 분주했던 나날을 다보내고 이렇게 여유있는 시간과 삶의 풍요로움과 즐거움을 만끽할 수 있다는 것이 신기할 정도다. 나는 오늘도 정다운 친구들을 만나기 위해 홀가분한 마음으로 집을 나서고 있다.

동기회同期會 회장

　경북 중고 40회 동기회는 그 모임의 햇수가 깊어 지금도 매월 25명 내지 40명 정도의 낡아가는 얼굴 모습을 볼 수 있다. 초기에는 이 모임에 동참하지 않았는데 가까운 친구가 회장이 되어 나오라고 강권하기에 참여한 지가 수년이 되었다. 해마다 연말쯤에는 새로운 회장을 맡길 사람을 찾는데 애로가 많음을 보게 되었다. 추천을 받아 회장을 추대하는 과정인데도 결단코 사양하면서 모임에도 나오지 않자 새로 회장을 선출한 때도 있었다. 회장을 사양하는 표면적 이유는 귀찮다는 것과 책임감에서 벗어나려는 심리적 요인도 작용하겠지만 물질적 부담도 감내해야 하는 부담감도 한 요인이 되기도 하는 것 같다.

　80 안팎이 되니 봉사할 사람 찾기가 쉽지 않은 것도 현실이지만 해마다 회장을 선출하니까 역사와 비례하여 회장 할 사람이 바닥이 날 수밖에 없는 것도 큰 요인이 되고 있다. 나 역시 일찍이 동기회에 참여했다면 회장을 역임했을 것이다. 모임 분위기로 보아서는 언젠가 나도 회장으로서 봉사해야 되리라는 생각은 갖고 있었지만 2017

년 연말 총회 때 회장으로 선출되었다. 조금은 앞당겨졌다는 느낌은 있었지만 일언반구도 사양치 않았다. 그것은 무임승차하는 얌체로 지목될 수 있기 때문이었다. 2018년 인사말씀을 다음과 같이 인쇄하여 우송했다.

> ### 인사 말씀
>
> 새해에도 즐거움과 평안이 충만하기를 기원합니다.
>
> 우리의 몸은 나날이 낡아지지만 마음만은 늘 새롭게 되기를 빌겠습니다.
>
> 우리 연수의 자랑은 수고와 슬픔뿐이라고 하지만 강건하게 오래 사는 것도 기쁨이 될 수 있습니다.
>
> 友情이 향기를 날리며 살아 숨 쉬는 모임에 오셔서 살아 있음을 확인시켜 주십시오. 경북중고 40회의 연륜에 걸맞게 회원의 관계가 성숙되고, 조화의 아름다움이 유지되도록 노력하겠습니다.
>
> 감사합니다.
>
> 2018년 元旦 회장 송 영 목 올림

그 반향은 총무를 비롯해서 인사 말씀이 너무 좋다는 것과 전혀 소식이 없던 친구로부터는 문학적 향기가 풍긴다고도 하고, 살아 있음을 확인시켜 달라고 하기에 새로 참석하게 되었다고 하면서 열심히 출석하는 친구도 얻게 되었다. 인사 말씀 중에 둘째 문장은 신약성경 고린도후서 4장 16절, 셋째 문장은 구약성경 90편 모세의 기도문에서 패러디한 것이다.

그리고 새해 모임에서는 첫인사할 때 '금년에는 병문안 가는 일이 없도록 건강하십시오' 라고 문상 대신에 수위를 낮추어 말할 만큼 이제 우리들 생애가 종착역을 향하여 부지런히 달려가고 있다는 것을 방증하는 예일 것이다. 80에 회장 그것도 기업체도 아니고 동기회 회장이 된다는 것은 한편은 건강하니까 봉사할 수 있다는 측면에서는 긍정적이지만 다른 한편에서는 무엇 하러 그런 것 맡아서 신경 쓰느냐고 말할 수도 있겠다.

넷째 문장은 살아 있음을 확인시켜 달라고 요구한 것은 현실적으로 우리의 모임은 매달 죽지 않고 살아있다는 것을 보여 주고 또 다른 친구들과도 관계를 가진다는 기쁨도 누릴 수 있기 때문이다. 우리 주변에서 들려오는 소식은 부음訃音이 많기 때문에 실제로 내가 회장이 된 금년에는 친구의 사라짐이 없기를 진심으로 기원하고 있다. 무소식이 희소식이라는 말을 이렇게 실감하기는 회장이 되고서야 처음 경험하는 일이었다.

인생은 살아가면서 체험을 해야 그것이 올바른 지식으로 옮겨갈 수가 있다는 것도 재음미하게 되었다. 젊은이들이 볼 때는 이해할 수 없겠지만 우리들 세계는 절실하게 공감하고 있다는 사실도 숨길 수가 없다. 나는 늙었다고 생각은 해 보지 않고 지금까지 살아오고 있는데, 그것도 그럴 것이 우리 교회 원로실에는 13명이 있는데 작년과 금년에 새로 들어온 4명 빼고는 끝에서 두 번째였다. 93세를 비롯해서 연세 많은 분들에 끼어 있어 나이 자랑할 처지가 못 되었고, 나 역시 뒤돌아보며 인생을 반추하기에는 이르다고 생각하고 있다.

사물에 접근하는 양상이 그 사람의 행동과 사고에 영향을 끼친다는 것을 보편적 이치로 받아들이고 있는 나는 내 자신의 몸가짐을 한 번 더 깊이 성찰해 보기도 한다. 진심으로 우리 동기들 모두가 아무런 사고 없이 한 해를 넘어가기를 기원하고 있다. 이것이 동기회 회장의 진정한 바람이다.

卒業 50주년 기념

　지난해 그러니까 정확하게 2009년 10월 20일 인터불고 호텔에서 경북중고 졸업 50주년 기념식에 참석해서 많은 것을 음미할 기회가 있었다. 머리카락을 다 잃어버린 사람, 백발을 서리처럼 보얗게 덮고 있는 모습, 세상의 풍상을 고스란히 간직한 얼굴들에서도 세월의 아픔의 흔적을 읽을 수 있었다. 무대 화면에는 中, 高 학생 때 찍은 추억의 사진들을 계속 비춰주고 있었지만 그때 그 모습을 지닌 사람은 하나도 없었다. 생존한 옛 스승들 몇 분을 모셨고, 우리는 부인들도 동반했는데, 80대 후반의 선생님들이나 지금의 70대 학생들이나 섞여 앉아 있으면 구별이 안 될 정도였다.

　나 역시 60대 제자들과 같이 앉아 있으면 똑같은 현상을 경험하고 있다. 20여 년 전에 초등학교 동기생들 모임에서 우리를 가르쳤던 담임 선생님들을 초청한 자리에서 어떤 친구가 들어오면서 선생님을 보고, 그때 그 선생님은 갓 사범학교를 졸업하고 부임한 터라 우리들과의 나이 차이가 겨우 7년 정도였기 때문이기도 하지만 또한 자기 반 담임 선생님이 아니라서 똑똑히 기억하지 못한 탓도 있겠지만 대뜸 "니 오랜만이다. 얼굴이 별로 변하지 않았네." 하면서 인사를 했다. 옆에 앉아 있던 내가 "야 이 사람아 동기생이 아니고, 6학년 3반 담임 선생님이시다." 말하자 멋쩍어 하면서 "선생님 죄송합니다." 했던 한 토막 실화가 기억이 난다.

서울에서도 버스 두 대로 참석한 터라 오랜만에, 실은 50년 만에 만난 친구들도 있어서 여간 반갑지가 않았다. 세월은 흘렀지만 한반에서 같이 공부했던 모습들에서도 친구 이름은 명찰을 보고 알았지만 얼굴은 기억할 수가 있었다. 친구들은 분명히 늙었는데 옆에 앉아 있는 부인들은 그렇게 늙어 보이지 않았다. 아마도 나이가 조금은 차이가 있으리라는 짐작이 맞을 것 같다. 순간적으로 나는 58학번인데 2009년이면 51년이 되는데 왜 50주년인가 하고 언뜻 생각했다가 내가 고등학교 때 집안 형편이 어려워서 1학년 마치고 다른 학교 3학년 야간부에 편입했던 사실을 잠시 잊고 있었던 것을 알고 실소하기도 했다.

이미 우리는 과거의 많은 것들을 잊고 살아가고 있다. 또한 그런 세대가 된 것이다. 이 자리에서 놀라게 된 것은 동기생들의 살아온 자취를 숫자로 보고한 내용이다. 90프로 이상이 현직에서 물러났고, 극소수가 현직에 종사하고 있는데, 교육계로서는 교장, 학장, 교수들이 53명, 의사, 약사 34명, 경제계에서는 두각을 나타낸 사장을 포함해서 32명, 입법부에서는 국회의원 3명, 행정부에서는 장관 3명, 차관 1명, 사법부에서는 대법관 2명을 포함하여 8명, 국방부에서는 3성급을 포함하여 5명, 인간문화재 1명, 예술계는 3명, 종교계는 목사 신부 각 1명 등이었다.

동기회에서 이만한 인재들을 배출했다고 하는 것은 상상하기 힘든 일임에 틀림없다. 고교 평준화로서는 불가능한 일일 것이라는 생각에 이르자 역시 중 고등학교 이상은 선발해서 교육시키는 것이 효능면에서나 국가의 미래를 위해서도 더 바람직할 것이라는 확신을 굳히게 했다. 반면, 두뇌의 회전이 빠른 사람들은 정서적, 예술적인 면에서는 뒤처지는 결과를 엿보게 하는 대목이기도 하다. 그리고 세상을 하직한 사람들도 160여 명이나 된다고 하니 명예로운 지위나 부의 축적이 무엇이 대단하단 말인가.

지금에 와서 돌아보면 그 모든 것들이 헛된 꿈이 아니던가. 단지 가장 부유하고 멋진 삶의 무게는 건강뿐이라는 것을 깨달을 때는 몸도 마음도 많이 지쳐 있다는 것을 알게 된다. 비록 우리들이 지금까지 살아온 모든 행위가 바람을 손에 쥐고 구름을 잡으려는 것과 다름이 없다고 하더라도 남은 생애를 어린아이처럼 겸손하고, 낮아져서 사랑, 격려, 칭찬, 긍정적인 말을 하면서 살아간다면 좀 더 가치 있는 삶이 되지 않겠는가.

요사이도 매달 점심시간에 동기회 모임을 가지는데 여기에는 한결같이 아직 안 죽고 살아있다는 존재를 확인시켜 주는 장소로 변모하고 있다. 그래도 자연의 아름다움과 그보다 더 아름다운 사람들의 선한 행위의 모습을 보면서 또 깊은 신앙생활을 하는 사람들은 외롭지 않다는 증거도 우리들의 얼마 남지 않은 미래를 희망의 나라로 인도하고 있음을 눈여겨봐도 좋을 것이다. 남은 생애가 얼마 남지 않았다고 생각하면서 사는 것보다 아직도 너무나 많이 남아 있고, 여유로운 삶이 더 우리를 풍족하게 해 준다는 사고의 전환도 멋지게 사는 한 방편이 될 것이다.

반세기가 지나서 결성된 달서팀

　달서팀은 운동이나 오락 또는 등산애호가들의 모임이 아니고 1950년대 말부터 1960년대 초에 달서교회에 열심히 출석하며 믿음생활을 하던 7명이 50년이 지나서 다시 만나 결성된 친목 모임이다. 당시에는 모두 대학생 내지는 고등학생이었는데 이제는 80을 눈앞에 둔 노인이 되었지만 만나면 말씨부터 그때 그 시절로 돌아가 편안함을 주고 있다. 면면이 많은 굴곡을 겪으며 생활해 왔던 사실도 하나하나 밝혀지고 있다.

　가난의 터널을 지나 나름대로는 열심히 살아온 결과가 지금의 모습이다. 내가 이 중에서는 가방 끈이 가장 긴 편인 셈이다. 박사학위를 갖고, 학장(지금은 총장)까지 역임하다가 정년퇴임을 했고, 아들 둘 사위 둘 모두가 박사들이라 오 박사 집안이 되었다. 두 명은 대학교수, 한 명은 교수로 근무하다가 피부과 개업의가 되어 넉넉한 삶을 살아가고, 막내는 영국에서 학위를 받고 뉴캐슬에서 담임목사로 시무하다가 지금은 귀국해서 부목사로 교회를 섬기고 있다.

　모임의 한 사람은 가진 물질은 별로 없지만 마음은 늘 부유한 생활을 하고 있다. 36세에 장로가 되어 지금은 원로장로로 매일 새벽을 깨우면서 선한 삶을 살고자 노력하고 있다. 또 한 사람은 장로로서 많은 봉사활동을 하면서 발명에 남다른 재능을 갖고 발명품들을 내놓았으나 영세한 자본 능력 때문에 단 한 번도 성공을 이끌지 못했다.

그러나 두 아들이 S대학과 Y대학을 졸업하고 큰 교회의 목사로서 봉직하고 있다. 부인 권사가 몸이 불편해서 요양병원에 입원 중인데 매일 거기서 시중 들고 고생했지만 끝내 사별하고 지금은 쓸쓸해 보이지만 잘 견디고 있다. 남편과 아들들의 뒤를 돌봐 주느라고 고생한 일은 주변 사람들도 다 알고 있다. 그렇기 때문에도 그는 아내의 극진했던 사랑을 잊을 수는 없는 것이다.

대기업의 간부로 근무하다가 퇴직한 이 친구는 1남 3녀를 두고 30년 전에 먼저 하늘나라로 간 부인을 그리워하면서 애들 뒷바라지 하며, 재혼하지 않고 굳건하게 살아가고 있다. 그는 부인과 사별한 후로는 교회와는 인연을 끊고 지내고 있었다. 너무나 충실하고 성실한 사람이라 새벽마다 예수님을 섬기며 살아가도록 기도하고 있었는데, 하루는 교회에 가고 싶은 마음이 생겨 어느 교회로 갈까 고민하다가 아내와 함께 다녔고, 자기 엄마도 권사로 시무했던 달서교회로 가야 되겠다고 결심했다고 한다.

열심히 출석할 뿐만 아니라 예배드리고 귀가하면 그렇게 마음이 편안할 수가 없다고 한다. 딸 둘과 아들은 출가시켰으나 40이 넘은 딸과 생활하고 있다. 몸에 익숙해진 탓에 서빙을 빈틈없이 잘하는 모습이 모임에서도 확인되고 있다. 놀라운 것은 40대 중반에 상처하고서도 재혼하지 않고 산다는 것이 쉽지 않지만 이 친구는 그것을 감내하고 있다는 엄연한 사실 때문이다.

나와는 초등학교 동기 동창인 이 친구는 우리 모이는 날이 다가오면 잠이 오지 않을 정도로 기대하면서 기쁨을 갖는다고 한다. 그만큼 순박하다는 방증이 된다. 슬하에 아들 하나만 키웠는데 대학 졸업을 앞두고 중한 병으로 앓게 되었다고 한다. 오죽했으면 참척慘慽이라는 말이 생겼겠는가. 우리는 경험해 보지 못해 이해할 수 없지만 그들 부부의 심정이 어떠했겠는가. 그러나 그것을 극복하고 예수 잘 믿고 거뜬히 금슬 좋은 부부로 살아가고 있다.

지금도 본 교회의 원로장로로 섬기고 있는 이분은 그 어려운 시절 학업하기 힘든 때에 재능이 있어서 사범학교를 졸업하고 초등학교 교사를 거쳐 고등학교 영어 교사로서 봉직하다가 정년퇴임했다. 그는 부모와 동생 그리고 2남 1녀의 생계를 책임지고 한 집에서 살고 있었다. 부모님을 늦게까지 봉양했고, 동생들도 다 성가시켜 내 보냈다. 큰아들을 결혼시켜 부부 함께 미국으로 유학을 가게 했다.

그야말로 천신만고千辛萬苦 끝에 며느리가 먼저 학위를 받고 귀국해서 대학교수가 되자 1남 1녀와 남편을 버리고 같은 대학의 홀아비와 눈이 맞아 돌아선 기막힌 일을 당하기도 했다. 연금도 포기하고 그 돈으로 송금했고, 대학 교수로 초빙될 수 있도록 시아버지의 온갖 노력을 기울인 보람은 너무도 허무한 꿈이 되고 말았다. 우리는 제3자이기 때문에 객관화해서 바라보지만 당사자의 그 허탈함과 비통한 심정을 어찌 다 헤아릴 수 있겠는가.

그 며느리의 남편은 중한 병마로 사경을 헤매다가 겨우 목숨은 부지하고 있다고 하니, 하나님의 엄위하심이 실현되고 있음을 보여주고 있다. 먼 후일에 그래도 어미라고 애들이 보고 싶어서 찾았지만 애들이 만나 주지를 않았다고 한다. 아내로부터 버림받은 아들은 다른 여자와 결혼하여 잘 살고 있다. 둘째 아들이 미국에서 현지 교포와 결혼하여 부모에게 크게 효도하고 있다. 지난여름에 부부가 미국으로 초청되어 풀장까지 갖춘 저택에서 생활하는 모습을 직접 목도하고 위로도 받고 귀국했지만 그때 며느리에게 배신당한 처참했던 상황은 쉬 잊어지지 않는다고 한다.

나이도 제일 연장자고, 또 리더십도 있는 이 친구는 대구 출신이면서도 서울에서 고교 교사로 퇴임했다. 서울에서 사귄 친구들은 하나, 둘 먼저 떠나보내고 삼식三食이 되어 아내가 역동적 사회활동을 하는데 걸림돌이 되고, 또 몸 상태도 좋은 편이 아니라서 대구에 와서 보니 옛날 친구 만나서 담화하는 것이 너무 좋고, 맑은 공기를 마시면서 산책도 하다가 대곡지구에 조그만 아파트를 구입하여 눌러앉게 되었다. 그렇다고 아내와 결별한 것은 아니고, 한 달에 한 번 정도는 서울 집에 다녀오고 또 병원에서 약을 받아 오기도 한다.

이 상황이 시발이 되어 7명이 모이게 된 동기가 된 셈이다. 비산동에서 경대까지 매일 같이 걸어서 등교하면서 나에게는 그때부터 송교수라 불러 주었다. 이 친구는 서울에도 아파트를 소유하고 있을 뿐만 아니라 우리가 옆에서 보아도 생활이 윤택한 것으로 비쳐지고 있다. 애들과 사위들도 모두 성공한 삶을 살아가고 있다고 한다. 일반인들로서는 쉽게 상상이 되지 않는 현실이 실현되고 있음에 의아해하고 있다.

서울에서는 손 하나 움직이지 않으면서 받아먹고 살다가 여기서는 손수 밥을 지어 먹고, 설거지도 하고 빨래까지 하게 되었으니, 노래老來에 평생 안 하던 행동을 하고 있다고 본인이 직접 술회하고 있다. 그 말 속에는 부정적인 의미보다는 즐기고 있음을 시사하고 있다. 교회에서 장로로 세우려고 하는 눈치를 채고는 다른 교회로 옮길 정도로 자신의 관리는 철저히 하고 있다. 물론 지금도 신앙생활은 모범이 될 만큼 빈틈이 없다.

마지막 한 친구는 학창시절 때 찬양지휘도 담당하면서 나름대로는 말씀대로 살려고 노력을 했었는데, 지금은 하나님과는 완전히 단절된 상태다. 그 당시에 예쁘고 키가 큰 여학생과 깊은 사랑의 교제를 나누었던 사실을 주변에 있던 사람들은 다 알고 있을 정도였다. 그럼에도 불구하고 여자의 아버지가 너무나도 완강하게 반대했기 때문에 그들의 만남은 끝나고 말았다.

그때 받았던 충격은 우리로서는 이해하기 힘들 지경에 이르렀고, 하나님에 대한 원망도 그만큼 골이 깊어 갔다. 그러나 그는 서울의 기독교대학에서 영문학을 전공하고, 열심히 노력한 보람으로 영어에 달통하여 교수가 되었다. 교수재직 때에 목사 학장으로부터 또한 번의 큰 상처를 받고, 하나님에 대한 신뢰는 더 엷어져 갔다. 80을 바라보는 지금도 미국대학이 주한 미군을 위해서 개설한 학과의 교수로 강의를 하고 있다.

그런데 이 친구는 슬하에 자녀를 하나도 두지 못하고 있다. 그 원인을 본인은 알고 있을지 모르나 우리로서는 이해를 못 하고 있다. 우리 달서팀은 이 친구가 하나님 앞으로 돌아오도록 합심해서 기도하고 있다. 지금은 머리를 저으면서 부정적 태도로 일관하고 있지만, 머잖아 본연의 자세로 회귀하리라고 믿고 있다.

우리는 매달 출석하는 사람만 회비를 내고, 식사하고 교회 카페를 순례하면서 커피를 마시면서 이야기꽃을 피우는데 신앙과 관련된 대화가 주축이 된다. 소설이 현실을 뛰어 넘을 수 없듯이 우리 삶의 궤적을 추적하다 보면 소설보다 더 진한 감동과 예상치 못한 일을 겪게 된다. 이런 것들이 인간의 한계일 수 있다. 그래서 인간은 신神을 찾게 되지 않을까.

우리는 만남 그 자체가 즐겁고 기쁨을 맛보고 있다. 그 숱한 사연도 세월의 흐름에 맡기고, 남은 생애를 건강한 육체와 굳건한 믿음을 갖고 하나님을 영화롭게 하고 우리들은 기쁨을 누리며 살아가자고 다짐하고 있다.

서글픈 만남

1950년대 후반부터 60년대에 걸쳐서 절친했던 친구 넷이 있었다. 직장과 생활 터전에 의해서 대구에 두 사람, 서울에 한 명, 거제도에 한 명, 이렇게 흩어져 살게 되었다. 해가 바뀌면 전화로 안부를 물어 음성으로는 확인할 수 있었지만, 대면 못 한 지는 오랜 세월이 지난 셈이다. 금년 초에 서로 연락이 닿아 대구에서 만나기로 약속했다.

정한 시간에 거제도에서 오는 친구는 동대구터미널에서, 서울에서 오는 친구는 동대구역에서 만나기로 했다. 먼저 도착한 거제도에서 온 친구는 옆으로 지나가고 있었는데도 전혀 몰라봤다. 옆에 동행한 친구가 알아보고 인사하자 나도 덩달아 인사는 했지만 선명하게 다가오지는 않았다.

세 사람이 동대구역으로 갔다. 이미 도착해서 핸드폰으로 연락되어 만났지만 역시 반갑게 만남이 되지 못했다. 이 친구는 한때 매일 만나서 담론이나 산책, 여유가 있을 때는 바둑, 당구 등으로 시간을 소화시키기도 했다. 그리고 나보다는 생활의 여유가 있는 가정이라 이 친구의 집에서 식사를 함께한 시간이 많았다. 같은 고등학교에서 같은 날 중퇴하고, 같은 야간 고등학교로 전학하면서 나는 월반을 했고, 이 친구는 제 학년을 유지했다.

내가 먼저 대학에 입학해서 사회학 교양강좌를 청강하니까 너무나 신선하고 새롭게 머리에 와닿아서 이 친구에게 사회학과를 지원하도록 권유했다. 2학년부터는 나는 아르바이트 하느라고 같은 대학에 다니면서도 만나는 여유가 많지 않았다.

졸업 후 같은 날 준교사 자격증을 발급받아 나는 고등학교 주간부에 이 친구는 같은 고등학교 야간부에 교사로 봉직하게 되었다. 선배 선생님으로부터 재능이 있는 젊은 교사가 고등학교에 머물러 있으면 발전 못 한다고 사직하라는 건설적인 권유에 순종하여 같은 날, 나와 함께 또 다른 젊은 영어교사 세 사람이 사직서를 제출했다.

이 친구는 큰 기업체 회장 아들 사장과 동기생이라 그 재능을 인정받아 바로 과장으로 부임해서 그 회사의 사장직에 오르게 된다. 영어교사였던 친구는 대학 강사로 시작해서 총장까지 역임하게 된다. 나는 다른 고등학교 야간부에 부임해서 기계과 3학년 담임을 맡게 되고, 낮에는 학원에서 강의하면서 짭짤한 수입이 보장되었다.

그 후 나도 학장(지금은 총장)까지 역임하게 된다. 이번에 만나서 알게 된 새로운 소식이 있었다. 그가 교수로 임명받아 앞길이 창창했는데 왜 석사학위까지 수득하고서 조기에 강사직을 그만뒀는지 나로서는 늘 죄책감 같은 기분을 가지고 있었다.

내가 권유해서 사회학을 전공하도록 해 놓고서는 학업에서는 타의 추종을 불허할 만큼 뛰어난 두뇌의 소유자였기에 재능이 너무 아까웠다. 하지만 그가 어느 날 교수댁을 방문했었는데 생활이 너무 빈약한 것에 실망을 하고 교수되기를 포기했다는 것이다. 당시에는 이런 이야기를 나눌 기회가 없었는데 이번에야 알고서 무거운 짐에서 벗어날 수가 있었다.

슬하에 남매를 두었는데, 큰딸은 키도 크고 인물도 출중해서 웬만한 남자는 상대가 되지 않았다고 한다. 고시생과 교제하게 되었는데 그 청년이 고시에 불합격이 되자 사귐은 중단되었다고 한다. 그 후는 엄마의 눈높이에 견주다가 혼기를 놓쳐서 지금은 50대가 되었단다. 아들은 외국에서 성악을 전공하고 귀국해서 밥벌이는 되지만 결혼할 만한 여건이 못 되어 총각으로 있다고 그간의 소식을 전해 줬다.

거제 친구는 서울의 유명한 대학에서 경제학을 전공하여 대기업에 합격은 했으나 폐 기능에 문제가 있어서 취업을 포기하고 자영업에 매진하게 된다. 큰아들은 대기업에 취직해서 일하다가 불의의 사고로 장애인이 되어 산업재해 혜택으로 제 어미와 함께 서울에서 생활하고, 둘째 아들은 거제도에서 아버지를 모시고 살고 있다고 한다.

나도 2남 2녀 중 사위 둘과 아들 둘이 다 박사들이고, 대학에서 또는 의사로서 나름대로 자기 위치를 지키고 있다고 짤막하게 소개했다. 서울 친구는 78kg이었는데 지금은 58kg이라 하니 몰라볼 수밖에 없었던 것이다. 세월이 할퀴고 지나간 자국이 이만큼이나 변화시킬 수 있구나 하고 전율을 가질 만큼 충격을 받았던 것이다.

1박 2일을 지나면서 같이 행동하니까 어렴풋이 옛 흔적이 조금씩 눈에 들어왔다. 귀가 차표를 비롯해서 모든 경비를 내가 부담했고, 자가 승용차로 대구 근교의 유원지를 탐방하기도 했다. 『논어』 첫머리에 '有朋自遠方來 不亦樂乎(벗이 먼 곳에서 찾아오면 또한 즐겁지 않은가' 라고 했듯이 진정 즐거워야 했지만, 마음 한 구석에는 서글픔도 자리하고 있었다. 몸이 낡은 탓도 있지만, 연륜에서 오는 희로애락에 대한 둔감도 한몫했으리라.

80을 넘어선 나이에도 이만큼이나 건재한 것만으로도 감사할 일이고, 게다가 혼자서 찾아와 만날 수 있다는 것은 더 반가운 일이 아닐 수 없었다. 그들도 생활에는 지장이 없을 정도는 되지만 내가 경비 일체를 기쁜 마음으로 감당할 수 있었던 것만으로도 유쾌했다. 내년에는 거제에서 만나기로 언약하고 헤어졌다. 우리의 남은 생애가 그렇게 길지 않다는 사실 앞에 재회의 기쁨은 한층 더 상승되리라.

겉 사람은 낡았지만

　흘러가는 세월을 모아 댐을 만들어 잠시 동안도 가두어 둘 수는 없다. 그러나 시간을 뒤로 돌려놓은 예가 유다의 히스기야왕 때 아하스의 해시계 위에 나아갔던 해 그림자를 십 도 뒤로 물러가게 하셨다는 내용으로 구약성경 열왕기 하 20장 11절에 기록되어 있을 뿐이다.

　묵은 것이 희귀한 가치로 높이 평가 받을 수는 있지만 사람이 오래되어 낡아지면 곱게 보일 일은 없는 것이다. 그러나 늙으면 늙는 대로 거기에 알맞은 멋이 있기 때문에 살맛이 나는지도 모른다. 아무리 꾸며도 나이 먹고는 속일 수 없는 법이지만, 그 내면을 들여다보면 젊어서 갖지 못한 숱한 장점들이 빛을 내며 흩어져 있음을 보게 된다. 늙은이만이 향유할 수 있는 것 중에 가장 소중한 것이 자타가 보편적으로 인정하는 여유일 것이다. 그중에서도 마음과 시간의 여유다.

　바쁜 일이 줄어들고 사물을 보는 태도가 너그러워지고 대인 관계에서도 인내심이 늘어나게 된다. 그뿐만 아니고 남는 게 시간이라 하듯이 한평생 쫓겨 살아오다가 먹고 살아야 할 일에 매이지 않기 때문에 그 여유를 만끽하는 사람만이 그 기쁨을 누리게 되리라. 세상에 이렇게 재미있는 시간을 언제 가져 보았던가. 가고 싶으면 가고, 멈추고 싶으면 멈추고, 읽고 싶으면 마음 내키는 대로 읽고, 쓰고 싶으면 쓰고, 어디에도 구애받지 않으니 이보다 더 자유로움이 있겠는가. 먹고 싶은 것도 줄어들고 소유하고 싶은 욕망도 사라져 가니 이 즐거움을 어느 세대에서 맛볼 수 있단 말인가. 늙으면 깜박깜박 잊어버리지만 이 또한 망각의 기쁨으로 돌릴 수 있어 좋지 않은가.

머릿속에 너무 많이 입력시켜 저장할 필요가 없다는 말이다. 늙은 이에게도 사고思考의 전환이 요구되고 있다. 빠른 세월과 함께 언젠가는 이 땅에서 사라져야 할 존재인 것을 구태여 앞당겨서 걱정을 만들 이유가 없다. 생각을 바꾸면 새로운 세상이 보이는 까닭도 여기에 있다. 한때는 바람을 심어 놓고 잎이 나고 가지가 뻗어나가고 꽃이 피기를 기원했던 이들이지만, 나에게만 늙음이 찾아오는 것도 아니고 또 나만이 죽음에 이르게 되는 것도 아니라면, 다가오는 순간순간을 감사하는 마음으로 맞이할 때 기쁨이 찾아오게 되는 것이다. 이런 마음을 가질 수 있는 것도 마음의 여유에서만 가능한 일이 아니겠는가.

자연과 사람을 사랑할 수 있다는 것은 얼마나 행복한 삶이겠는가. 한평생 소극적이며 비극적이고 극한 상황만을 상정해 놓고 살아온 사람들에게도 뒤를 돌아보며 여유를 가질 수 있으니 이 또한 기쁘지 아니한가. 황혼이 아름다운 것은 내일 솟아오를 태양이 있기 때문이며, 내일의 소망을 갖게 되는 긍정적 사고와 꿈을 가지고 있으면 절망하지 않는다.

노후 대책이 마련되지 못한 사람에게는 하루하루 살아가는 것에 매달려 외관상으로는 여유가 없어 보일지 모르나, 가진 것이 없기 때문에 오히려 빈 마음의 여유를 스스로가 만들면 되는 것이다. 많은 소유에서 오는 내적 외적 비만보다는 어떤 면에서는 무소유의 여백이 더 아름다울 때가 있다. 이 또한 생각의 차이에서 오는 결과인 것이다.

　낡아지는 겉모습을 좋아할 사람은 아무도 없다. 그러나 그 속을 살필 수 있는 사람에게는 그 여유에서 오는 겸손과 부드러움은 선망의 대상이 될 수도 있는 것이다. 우리는 외형적인 풍부한 물질의 소유자를 조금은 부러운 눈짓으로 보는 경향이 있는데, 참된 부자는 마음의 부자라는 것을 살아온 사람은 알고 있다. 특히 연세가 많은 사람일수록 물질은 생활에 아주 작은 부분을 차지하지만 넉넉한 마음의 소유자야말로 부러움의 대상이 된다는 사실도 늙어 보아야 알 일이다.

　나는 나보다 더 오래 산 사람을 일단은 존경한다. 그만큼 인생살이를 더 많이 체험하며 살아왔기 때문이다. 늙은이에게는 지금까지 살아온 그 경륜이 값지다는 것이다. 감히 흉내낼 수 없는 삶이 그 몸에 고스란히 묻어나는 것이다. 젊은 세대에게서 찾아볼 수 없는 탐스러운 결실이 아름다운 것이다.

　겉 사람은 낡아지지만 속사람은 항상 향기를 뿜으며 살아가는 것도 풍성한 삶을 영위하는 지혜가 아니겠는가. 나는 이 순간도 이 자유로운 여유와 더불어 기쁨과 즐거움을 가지고 살아가고 있다. 죽는 날까지, 아니 그 후에라도.

나는 등신이다 그렇게 알아라

금년 5월 초순에 대학동기생 내외와 함께 터키와 그리스 탐방을 갔었다. 우리 팀 세 쌍이 다른 여행객들과 동행하게 되었는데, 내가 친구들을 돌볼 의무는 없었지만, 나의 권유로 관광을 하게 되었으니 관심을 가질 수밖에 없었다. 58학번인 우리 대학동기생들은 부부동반으로 매달 모임을 갖는데, 다른 친구들에게는 만날 장소를 알려 주었지만 함께 여행 다녀온 이 친구는 아침부터 밤늦도록 10여 차례나 전화를 했는데도 통화가 되지 않자 걱정이 되었다.

이 친구는 5년 전에 위암 수술을 받았던 터라 이번 여행의 후유증으로 어려움을 겪지 않나 하는 염려 때문이었다. 그러나 모이는 날 아침에 전화가 왔다. 바로 이 친구였다. 그날 점심시간에 통화되지 않았던 이유를 듣게 되었다. 사위가 스마트폰 여러 개를 배당받아 처분하게 되자 딸이 갖고 있던 스마트폰을 아버지에게 드린다면서 바꾸었는데 그사이에 이틀이나 불통이 되었다는 것이다.

이날 대리점에 가서 통화할 수 있도록 조치해야 된다면서 복잡한 폰으로 교체하게 된 것이 도리어 불편하다고 토로했다. 우리가 헤어진 지 일주일쯤 지나서 느닷없이 도착한 문자 메시지 내용이 바로 "나는 등신이다. 그렇게 알아라." 였다. 한 번도 이 친구에게 귀에 거슬리는 말을 한 적도 없는데 이런 문자를 받고 보니 조금은 당황스럽기도 했지만 바로 답장을 보냈다. "등신이라고 인식하고 있다는 자체가 이미 등신이 아니고 비범한 사람임을 증거하고 있네. 분발하게."

사실 이 친구는 80을 눈앞에 두고 있지만 교직생활에서 익숙해진 습관에 따라 매일 일어난 귀중한 사건과 자기와 관련된 일들은 빠짐없이 적바림하고 있는 터라 등신이 아니고 성실하면서도 남에게 티끌만큼도 피해를 주지 않는 인격의 소유자임을 자타가 다 공인하고 있다는 점이다. 바보는 순수한 우리말이지만 등신等神은 한자에서 온 말이다. 원래는 쇠, 돌, 풀, 나무, 흙 같은 것으로 만든 사람의 형상을 가리키는 말이다. 그러니 생명이 없는 물체다. 그래서 통상적으로 어리석은 사람을 지칭하는 말로 쓰이고 있다.

이 복잡한 세상을 살아가노라면 등신처럼 처신하는 것이 자신에게 부담이 되지 않고 남에게 피해를 주지 않으면서 무난한 삶의 한 방편이 될 수 있을는지도 모른다. 그러나 다른 사람에게 등신이라고 손가락질 받는다는 것은 결코 유쾌한 일이 아니다. 내 주변에는 정말 등신이 더러 있음을 본다.

젊은 사람이야 노후 대책 때문에 검소하고 절약하며 사는 게 나무랄 일이 아니지만 남은 생이 얼마 남지 않은 노인이 수십억을 갖고 있으면서도 그 돈을 쓸 줄을 모르니 등신이 아니고 무엇인가? 커피숍에서 친구들을 모아놓고 커피 한 잔을 나누면서 조용히 담소며 시간의 여유를 탐닉할 수 있을 텐데 이런 것도 하지 못하고 자판기에서 커피 한 잔을 들고 전봇대 밑에서 홀짝 마시는 꼴이며, 점심시간에는 달성공원 앞에 가서 줄을 서서 밥을 먹으면서 맛이 있다고 자랑한다.

주위에서 당신 같은 사람은 거기 가서 밥 먹으면 안 되지요. 가난한 사람들을 위해서 마련된 음식을 부자가 가서 먹게 되면 그만큼 다른 사람에게 피해를 줄 뿐만 아니라 당신 아들이나 며느리가 알게 되면 어떻게 되겠느냐고 권유하자 요사이는 달성공원에 소일하러 가지만 점심시간에는 서문시장에서 삼천 원짜리 국수를 먹는다고 한다.

이 사람은 평생 동안 돈 모으고 쓰지 않는 데는 익숙해져 있지만 돈 쓸 줄을 모르니 바보요 등신인 셈이다. 늙어서 베풀지 않고 남겨둔 것은 결국 남의 소유가 되고 만다. 비록 가진 것은 없지만 손자 손녀들에게 이 할아버지는 부자라고 말하면서 무엇이든지 요구하면 들어 줄 의향을 갖거나 친구를 만나면 커피값을 지불해야 마음이 편안한 사람은 자신에게는 등신 축에 들지는 모르지만 남들은 그렇게 보지 않는다는 것이다. 등신과 비슷한 우리말에 바보와 미련한 사람이 있다.

"미련한 자라도 잠잠하면 지혜로운 자로 여겨지고 그의 입술을 닫으면 슬기로운 자로 여겨지느니라.(잠언 17:28)"

세월이 두꺼워지면 말을 아끼는 것이 지혜로운 사람이지만 쓸데없이 말을 많이 하는 것은 미련할 뿐만 아니라 등신처럼 남에게 불쾌감을 안겨 주게 된다.

많은 선진들이 근면, 검소, 정직, 시간엄수를 삶의 지표로 제시하고 있는데, 오늘을 살아가는 사람에게는 무엇보다 시간을 지키지 않

는 사람이야말로 가장 불성실하고 신뢰하지 못할 등신이 아니겠는
가. 남으로부터 등신이라는 말을 듣지 않고 겸손한 마음에서 자신이
등신이라고 생각하고 살아가는 것도 지혜로운 삶의 한 방편이 될 수
도 있을 것 같다.

부탁만 하면

사람이 살아가노라면 때로는 남에게 아쉬움을 하소연할 경우도 있고, 또 부탁의 말을 할 때도 있다. 부탁의 종류도 다양하여 어떤 이권을 위한 목적으로 관리에게 청탁하는 경우는 불순한 동기가 개입되어 죄가 성립될 수도 있지만, 굶거나 병이 들어 그것을 해결하기 위하여 손을 내미는 상황에는 너무나 순수하여 부탁을 수용하지 않을 때는 도리어 죄스러움을 느낄 때도 있는 것이다.

부탁만 하면 다 응답해 줄 수 있는 사람은 없을 것이다. 그러나 부탁의 말을 들어 주려고 노력하는 사람은 많이 있다. 신문지상에 소개되는 어려운 사람들에게 금전의 혜택을 아낌없이 베푸는 사람들도 있고, 이름을 밝히지 않고 선행하는 시민들도 우리 주변에는 있다. 그렇기 때문에 우리 사회가 어두운 면도 있지만 밝은 빛줄기가 비쳐지는 광명한 날도 있어 우리를 기쁘게 하고 있는 것이다.

매스컴에서 쏟아지는 많은 기사와 내용들 가운데서도 밝고 맑은 기사는 우리의 마음을 훈훈하게 해 주고 신선한 충격으로 다가와 자신을 돌아보게 하는 계기를 마련해 주기도 한다. 전화를 이용하여 무슨 협회 등에서 요구하는 경우에도 나는 가끔씩 응답해 준다. 어떤 때는 물어 보지도 않고 약간의 물품을 보낸 다음 도움을 요청할 때도 들어줄 수밖에 없었다.

그 외에도 어디서 개인 정보를 구했는지 편지나 전화로 긴 사연이나 궁핍한 처지를 말하면서 단 한 번만 도와 달라는 조건에 응해 주고 나면, 다음번에 또 이번만 거절하지 말아 달라는 요구를 해 올 때도 있었다. 이제 나도 희수가 넘어가는 시점에 와 있다. 죽을 때까지 베풀며 살아가리라는 의욕은 갖고 있지만 현실적으로 어려움에 봉착할 때는 마음이 허전해지기도 한다.

사람은 자기가 당해 봐야 그 상황을 속속들이 이해하게 되는 것은 당연한 이치지만, 남들에게는 인색하거나 또 자기에게처럼 잣대를 적용하지 않는 사례를 많이 보게 된다. 그래서 과부 사정은 과부가 되어 봐야 알듯이 빚진 사람의 경우에도 마찬가지다. 빚의 종류만 하더라도 너무나 다양하고 복잡해서 짧은 글에서 다룰 계제는 아닐 듯싶다.

나는 부탁만 하면 어느 정도는 들어주리라는 마음을 갖고 살아오고 있지만, 금전문제만은 제대로 지킬 수 없었던 것은 가진 것이 없어서 못 지킬 때는 그래도 위안이 되지만 주머니에 갖고 있으면서 실행하지 못할 때는 죄책감을 면하기 어려움을 체험해 보기도 했다. 지하계단에서 구걸하는 사람 앞을 지나갈 때는 지폐 한 장 정도는 주고 가는데, 그날은 그냥 지나치게 되자 주머니에서 돈이 "이것은 돈이 아니냐?"며 소리치기에 돌아가서 지폐 한 장을 주고 온 일도 있었다.

글 쓰는 사람에게는 글 빚이야말로 형언하기 어려운 처지를 당해 본 사람은 알 것이다. 나는 지금까지는 원고 청탁을 받기만 하면 마감 전에 꼭 이행해 왔는데, 며칠 전에는 원고 청탁을 받고 정중하게 거절한 사례가 발생했다. 그것은 열정이 식어가는 연륜에 이르렀다는 것이 주된 이유였다. 실제로 글 빚이 얼마나 가혹한지 잠을 설치기도 하고 소화불량에 이르고, 살맛을 잃을 정도에까지 다다르게 되는 것을 보면, 글 빚이 물질적 빚보다 더 심각한 경지로 몰아넣는다는 것을 알게 한다.

내 경우에는 글 쓸 때는 몰입하기 때문에 육체적 피로를 감내하지 않으면 불가능하다. 그렇기 때문에 요즈음에는 글 쓰는 것이 두렵기도 하고, 이러다가 죽지 않을까 하는 염려가 엄습해 펜을 놓고 싶을 때가 여러 번 있었음을 고백하지 않을 수 없다. 실제로 구상 중인 소설 작품을 쓰다가 앞부분만 써 놓고는 "안 되겠다. 그만 두어야 되겠다. 그것은 내가 살고 봐야지, 이것은 아니다."라는 판단이 머릿속을 지배하자 그때부터 그 원고지를 닫아버리고 지내고 있다.

지금 나는 부탁만 하면 어느 정도는 응하리라는 내심은 하고 있으나, 글 청탁만은 제대로 할 수 없고, 다만 나에게 손을 내미는 사람에게는 다 들어주지는 못할지라도 거절하지 않고 남은 생애를 살아야겠다는 결심은 굳어지고 있다.

어떻게 소일消日하십니까

　요즈음은 친지나 제자들을 만나면 "건강하십니까?", "어떻게 소
일하십니까?"라는 진정성이 없는 질문이 인사를 대신하는 경향으로
바뀌고 있다. 며칠 전에는 뇌 과학과 교수인 사위도 자기는 연구에
몰두하고 있는 데 비해 장인은 퇴직한 지 십수 년이 지났으니 논문
쓸 필요도 없고, 신경 쓸 일도 없으니 얼마나 무료無聊하시겠는가라
는 뉘앙스가 묻은 질문을 했다.

　"하는 것 없이 매우 바쁘다."는 한마디로 대답을 하고 보니 구체
성이 결여되어 이해가 되었겠는가 하는 의문이 뒤따랐지만 음식이
나오기 시작해서 중단하고 말았다.

　나의 하루 생활은 밤 11시에서 12시경에 잠자리에 들면 다음 날
새벽 5시에 기침起枕하여 예배당에 가서 새벽기도를 드린다. 아침식
사는 일정하지 않고 그때 상황에 따라 조정되고, 성경 100독을 향해
일정한 양을 읽고, 산책은 아내와 함께 대구수목원이나 두류공원,
어떤 때는 가산 산성 쪽을 택하기도 하지만 여의치 않을 때는 아파
트 단지 바깥을 세 바퀴 돌면 40분 정도 소요된다. 틈나면 나 혼자 책

보고 습득한 어설픈 솜씨로 아코디언 연습하는 것이 일과다. 그러나 산책과 악기 연습은 바쁜 일정이 쉬도록 강요하기도 한다.

　서 8회(초등학교 동기 동창), 경북중고 40회, 부 8회, 58 문우회(58년도 대학 동창), 임마누엘신앙동지회, 인우회(동갑내기 장로), 58년도 즈음에 교회에서 만난 7인의 달서팀 등은 매달 만나고, 격월로 만나는 친구들, 또 3명의 교수들은 무시로 만나고, 대구문협, 죽순문학회, 경맥문학회, 대구기독문학회, 일일문학회에 말석을 차지하고 있으니, 바쁠 수밖에 없지 않겠는가. 주일은 말할 것도 없고 수요예배, 금요기도회에도 빠지지 않고 참석하고 있다.

　집 안에서는 식사 후 설거지와 청소, 쓰레기 버리는 일은 내 몫이고, 아내의 전속 기사 노릇까지 곁들이게 되니 그 분주 복잡함을 상상해 보라. 여고 동창들과의 만남의 장소까지 데려다 주는 것은 한 달에 한 번이지만 이비인후과, 안과, 변실금便失禁물리치료, 한의원 등 수시로 드나들면서 치료를 받아야 하니 기사의 바쁜 나날은 계속되고 있는 것이다.

　지난달에는 본 교회에서 10년간 시무視務하시다가 지금은 샌프란시스코에서 거주하시는 목사님 내외분이 팔순八旬을 맞이하여 오셨기에 세 번에 걸쳐 3일간 명승지를 유람하시는데 내 승용차로 안내하기도 했다.

　내 지갑에는 농협, 대구은행, 국민은행, 현대, 롯데, 대구백화점, 코스트코, 홈플러스, 신세계, 실버패스카드, 주민등록증 등이 들어 있고, 자동이체를 해 두었지만 결제은행이 달라서 농협에 입금된 연금을 분리해야 하는데 이것도 내가 처리하고 있다.

　원고 청탁이 오면 글도 써야 한다. 지난달에는 대구문협에서 대구

시민들에게 자긍심을, 대구를 찾는 이들에게 관광자료가 될 소중한 작품집(대구 톺아보기)에 수록할 원고를 보내달라는 청탁이 왔다. 내가 거주하고 있는 서구지역은 조금은 낙후된 곳이라 소개할 만한 뚜렷한 관광 자료가 부족했지만 가르뱅이와 한국섬유개발연구원 전시실, 서대구공단에 위치한 (주)진영 P&T, 대구환경공단 북부사업소(하수종말처리장), 서부시장 프랜차이즈특화거리, 원고개시장, 노령지비를 이틀에 걸쳐 답사하고 기행문을 집필한 일도 있었다.

나는 퇴직 후에는 소설을 많이 읽어 보리라는 희망을 갖고 있었지만《대구문학》에 소설 격월평을 비롯해서 몇 군데에 소설 작품평을 썼을 뿐이다.

또한 교인들과 친구들 중에서 입원한 사람 병문안도 하고, 나보다 연세가 많은 분들의 장례식에도 가 봐야 하고, 결혼식에도 축하하러 가야 할 경우에는 다녀와야 마음이 편해지고, 다른 분들도 마찬가지로 부득이 참석 못 할 때는 은행계좌로 송금하기도 한다.

이것뿐만 아니고 대구에 거주하고 있는 큰딸 내외(DGIST 교수)와 외손녀 3명, 막내 아들(목사)내외와 손자 2명, 손녀 1명, 분당에 살고 있는 큰아들(교수)과 며느리(은행차장) 손자 2명, 작은딸과 사위(의사) 외손자와 외손녀, 분당에 이들을 만나러 갈 때는 꼭 승용차를 이용한다. 대구에 있는 애들과는 자주 만난다. 그러니 나에게 소일이나 무료라는 어휘는 사치에 속한다고 하겠다.

이런 분주 복잡한 생활이지만 한 번도 불평하거나 불만을 가져 본 일이 없다. 도리어 기쁘고 즐거운 마음으로 감사하면서 살고 있다. 열정과 의욕은 사람을 젊게 만든다는 사실도 체험을 통해서 이해하고 있다.

인생의 가을

　나의 시각과 연륜에서 기인된 탓인지는 모르겠으나, 금년 가을 단풍은 그 색깔이 빚어내는 오묘한 색감과 사실적인 수채화 한 폭과 같다는 표현이 도리어 진부할 만큼 나의 마음을 이끌었다. 속리산 법주사 앞 주차장에 주차한 후 문장대 가는 길로 접어들어 한참 올라가노라면 그 풍광도 좋지만 돌아오는 길에는 말티고개가 아닌 새로 만든 길로 들어가니 산세와 조화된 단풍의 아름다움과 메타세쿼이아 군락지의 이색감도 운전하는 나의 시선을 혼란스럽게 만들어 속도를 줄일 수밖에 없었다.

　가을을 결실, 국향, 조락 등등의 계절이라 해서 세련되지 못한 언어의 나열이 식상할 만큼 우리의 마음을 우울하게 만들기도 하지만 황혼이 아름답듯이 인생살이의 가을도 한 번쯤 음미해 보는 여유를 가져보는 것이 어떨까.

　모두들 젊음이 좋다고 하는데, 여기에 끼어들어 아웃사이더로 낙인이 찍히고 싶지는 않다. 다만 늙어보니 지난날의 세월이 아쉬운 것만이 아니고, 젊음의 뒤안길의 많은 번민의 시간이 있었기에 오늘이 존재한다는 상식적 철학이 오히려 설득력이 있는 듯하다.

늙음이 왜 좋으냐고 묻는다면 나로서는 먼저 타인에 의해서, 또는 제도상에서 시간의 제약을 받아왔지만 이제는 내 시간을 갖고, 내가 조종할 수 있는 자유를 가졌다는 점일 것이다.

사실, 이 점은 늙어보지 못한 사람들은 그 진수를 사고思考의 울타리 속에도 포함시킬 수도 없다는 한계를 지적하지 않을 수 없다. 이 시간의 자유는 사람에 따라서 그 활용하는 방법이 다를 수 있지만 삶을 길게 또는 짧게 살 수 있는 길이 있기 때문이다.

2남 2녀 자식을 다 길러 성혼시켜 각각 자기들 삶의 터전으로 보내고, 우리 부부는 못다한 정을 나누면서 살아온 날들보다는 세월을 아끼며(Making the most of every opportunity, 에베소서 5:16) 여유를 갖는다는 것, 어찌 내 생애에 이런 때가 있었던가. 그보다 더 무게가 있는 것은 사고의 여유에서 오는 자기 성찰이다.

과거에는 삶을 영위하는 데 여념이 없어 다른 데로 시선을 돌려볼 틈이 없었지만 이제는 진정으로 남을 나보다 낮게 여기는 겸손과 용서할 수 있는 마음가짐과 함께 남을 사랑하고, 칭찬, 격려, 친절한 태도 등 변화가 일어나고 있다. 게다가 말수도 줄이고, 머리로 판단은 빨리 하지만 말로 표현은 더디게 조정할 수 있다는 것이 어찌 아름답지 않은가. 젊음에서 오는 속도감으로는 이해의 접근도 어렵겠지만 늙음은 모든 것을 포용하고 용서가 가능하다는 점도 간과해서는 안 될 것이다.

나는 늙음의 이 순간이 가장 만족스럽기 때문에 감사한 마음을 갖고 살아가고 있다. 사물을 분별하고, 관통하는 지혜도 관점의 차이에서 그 결과가 달리 나타나지만 나잇값을 못 하고 추태를 부리는 사람들도 있지만 평생 아끼며 모은 재산을 사회에 환원하는 아름다운 손길도 우리 주변에서 볼 수 있지 않는가. 많은 재물보다는 명예를 택할 수(잠언 22:1) 있는 사람이 많을수록 사회는 밝아지고 늙은이가 존경받는 풍토가 조성될 것이다.

늙음의 예찬같이 들릴지 모르나 젊은 날의 톡톡 튀는 섬광처럼 빛나는 순발력을 발휘할 때는 경계의 눈초리와 질시, 비방의 말을 듣기도 했지만 지금은 그러한 말은 다 사라져 버렸고, 여유의 멋을 유지하니까 남들로부터 겸손하다든지, 친절하다는 존경을 표하는 말이나 글을 받고 보니 과연 내가 가을의 아름다움을 발휘하고 있는가를 자문해 보기도 했다. 하지만 그럴수록 한 번 더 자신을 가다듬고 그들의 말이나 글이 틀리지 않았다는 것을 실천으로 보여주리라는 다짐을 새롭게 하게 된다. 조물주가 만든 가을이 아름답다고 말할 수 있듯이 우리의 늙음도 아름답게 보여지도록 노력하는 것은 전적으로 각자의 몫에 해당된다고 하겠다.

또 하나 특이한 사실은 늙으니까 마음도 빈 방처럼 다 비워 놓을 수 있다는 점이다. 물론 노욕老慾이 모든 사람들에게 눈살을 찌푸리게 하는 경우도 있지만 대부분의 사람은 정신적 물질적인 것까지 다 내려놓고 조용히 살기를 원하고 또 그렇게 살아가고 있다. 늙음을 아름답게 장식할 수 있는 것도 각자의 지혜와 능력에 달렸겠지만, 무엇보다 자기 수련의 깊이와 넓이의 폭이 어떠한가가 가늠자가 될 수도 있을 것이다.

오! 늙음이여, 황혼처럼 아름답게 물들이자. 그리고 모든 분들에게 기쁨과 즐거움을 선물로 주자. 인생의 가을은 진정으로 아름답다고 말하게 하자.

博士와 薄士

근래는 博士가 흔해서 희소의 가치를 지녔던 과거와는 달리 높게 평가하지 않는 경향이 많은 것 같다. 나름대로는 학위를 소지하기 위해서 그야말로 각고의 노력을 경주한 사람도 있는 반면에 학과와 학교에 따라서는 크게 힘들이지 않고 학위를 받은 분도 있는 것 같다. 심적 고통과 쉴 새 없이 밀려오는 긴장과 심한 스트레스로 인해 논문을 다 작성하자마자 고인이 된 분도 있고, 논문이 통과된 직후에 긴장감이 풀어지자 이어 세상을 떠난 사람도 있었다

그런가 하면 지도교수가 교체되는 과정에서 8년이 지나도록 논문 제출도 하지 못하고 결국 외국에서 학위를 받아온 분도 가끔 있었다. 얼마나 고통이 심했으면 어떤 분은 논문을 대학원에 제출하면서 "내가 이 문지방을 넘어서면 x자식보다 못한 놈이 될 것이다."라고 극언까지 하는가 하면, 입에 담지 못할 욕설을 내뱉으면서 돌아서는 사람도 많이 있었다. 그렇게 고생해서 학위를 받았으면 후배들에게는 좀 더 관용과 올바른 지도가 있었으면 좋으련만 시어머니 며느리 낳듯이 자기가 당한 것보다 더 심하게 잣대를 적용하는 경우도 보았

다. 그 외에도 별별 조건을 전제하고야 논문이 통과되는 예도 있다. 따지고 보면 박사학위는 우리들이 보편적으로 생각하는 만큼 수월하게 획득되는 것은 아닌 게 분명하다.

이런 과정을 통해서 논문이 더 충실해지고 더 심도 있는 내용을 담게 되는 것도 사실에 속한다. 내 경우에도 5년이 걸려서 받게 되었으니 그동안의 심적 고통은 말하기조차 싫을 정도다. 사실 학위를 받지 않았을 때는 박사학위만 받으면 무엇이든지 다 될 것 같은 기대감도 가졌지만 막상 학위 취득 이후에는 별것 아니라고 느낀 분들이 많았으리라 짐작해 본다.

더구나 정년퇴임 후에는 이것이 아무런 쓸모가 없을 뿐 아니라 내가 소지한 학위는 博士가 아니라 薄士라는 것이 솔직한 고백이다. 알기는 무얼 얼마만큼 안다는 말인가? 한쪽 모서리를 슬쩍 스쳐 갔을 뿐, 정말로 내가 아는 것은 너무나 미세하다는 것을 절감하면서 나는 엷을 박자 薄士라고 스스로 그렇게 인정하고 있다. 물론 많은 분들 중에는 훌륭한 업적과 더불어 인류를 위해 공헌한 그야말로 博士도 있고, 또 그런 분들을 마음속 깊이 존경하지만 나처럼 어중간한 薄士도 우리 주변에는 많이 눈에 띄는 것도 사실이다.

박사는 학위 명칭이지 존칭어가 아니다. 그럼에도 불구하고 송 박사님, 김 박사님 하고 자기 딴은 높인다고 말하지만 온당한 표현은 아니다. 석사학위 소지자는 송 석사님, 김 석사님이 되고, 학사학위 소지자에게는 송 학사님, 김 학사님으로 호칭해야 격에 맞지 않는가? 그리고 교수님도 맞지 않는 존칭어다. 교수는 직업이다. 존칭어는 어디까지나 선생님이 맞다. 초중고 선생님에게도 대학교수에게 붙이는 칭호가 그대로 적용된다면 교사님이 되어야 할 것이기 때문이다.

　어떤 잘난 젊은 교수에게 학생이 선생님이라고 부르자 화를 내면서 교수님이라고 해야지라고 나무란 것을 목도하기도 했다. 한때는 박사들끼리 김 박, 이 박, 박 박 등으로 호칭한 일도 있었다. 박사에 얽힌 에피소드를 어찌 다 나열할 수 있겠는가? 정말 우리들을 웃게 만드는 예는 목사님들 중에 박사 칭호를 무척 좋아하는 분이 있다는 것이다. 목사보다 더 좋은 칭호가 어디 있는가.

　자기만 바로 서면 학위 소지자뿐만 아니라 높은 직위에 있는 분들까지도 다 존경하면서 따르고 있지 않는가. 뒤집어 보면 결국 못난 목사님들이 신분 상승도 아닌 박사학위를 선호한다는 점이다. 더구나 한국연구재단에 등재되지도 않는 학위를 빙자하여 행사 때 학위복 입고 행세하는 모습은 그 자체만으로도 정직에서 멀어져 있다.

　내 딴은 세상에서 가장 많이 아는 사람이 되고자 닥치는 대로 읽고 습득했지만 솔로몬의 고백처럼 "헛되고 헛되며 헛되고 헛되니 모든 것이 헛되도다."라는 것이 오늘의 내 모습이기도 하다. 나이는 결코 헛먹지 않는다는 옛 성현의 말도 세월이 쌓이면서 귀담아 새기게 되고 또 절감하기도 한다. 이제 헛된 꿈이나 욕심은 다 내려놓고 남은 생을 아름답고 즐겁게 남에게 도움을 주면서 살아가는 것도 薄土들이 해야 할 일이 아니겠는가.

정치인이 안 된 것에 감사하자

나는 초, 중, 고, 대, 문학단체 4곳, 장로모임 2곳, 3인의 모임 2곳, 50년대 교회에서 만난 7명의 모임 등 참여하는 곳이 많은 편이다. 자리 상황에 따라 정치인이 없는 곳에서는 "정치인이 안 된 것만으로도 감사합시다."라고 토로할 때가 있다. 모두들 공감하고 있겠지만 대부분의 정치인들의 행적이나 언어구사 등을 보면 추잡하고, 말 바꾸면서도 거짓말은 안 한다고 하는 그야말로 후안무치의 극치다. 내로남불이란 치졸하고 불순한 용어가 그들에게는 익숙하게 수용되면서 여야가 똑같이 답습되고 있다.

이런 것들은 일각에 불과하고, 예나 지금이나 그들의 모습을 볼 때마다 정말 정치인이 안 된 것이 너무나 다행스럽고 또 행복하다는 느낌을 가지게 된다. 나는 고등학교에서 월반하여 대학 국문학과에 진학했다. 그때는 문학을 해야 훌륭한 사람이 되는 줄만 알았다. 당시에 내 주변에는 대학 진학에 관심을 가진 사람은 아무도 없었고 또 상담해 줄 만한 위인도 없었다. 나 혼자 결정해서 과를 선택했고, 고교 시절에는 시도 쓰고, 소설 창작에도 많은 시간을 할애한 결과

일 것이다.

50년대 후반기라 비록 문단에 데뷔할 만한 작품에는 이르지 못했지만, 내 딴은 많은 작품을 읽고, 현대문학을 전공하겠다고 입학했는데 막상 교수들 가운데 현대문학을 강의할 사람은 아무도 없었다. 영문과에 가서 청강하기도 하고, 고심 끝에 법대로 전과하려고 했다. 당시는 전과가 아주 쉬웠다. 이를 알아차린 교수들이 적극적으로 만류하면서 여기서도 얼마든지 교수가 될 수 있고, 꿈을 펼칠 수 있다는 말에 주저앉게 되었다.

후일에 이들은 내가 교수로 초빙되는 것을 반대했다는 사실이 밝혀지기도 했다. 실컷 이용하고 뒤로는 입을 다물어 버리는 정치인을 방불케 하는 모습을 직접 체험한 셈이다. 2학년 때 '이육사연구' 3학년 때 '뉴크리티시즘과 한국문학'이란 두 편의 논문을 당시 5개 대학 국어국문학회에서 발표하고, 논문집에 게재되었다. 육사에 대한 논의는 59년도니까 처음 거론한 예에 속했다. 육사문학관에 물론 비치되어 있다. 2학년 때 청마 유치환 시인이 시간 강사로 시론을 강의했는데, 휴강이 많았고(그때는 휴강이 명강의), 한 학기 동안 불러주는 내용을 필기해 두었는데 대학 노트 10면도 미치지 못했다. 4학년 때는 김춘수 시인이 조교수로 부임하면서 과에 활력이 되었다.

내가 문학평론가로서 《현대문학》지에 천료소감을 쓸 때 과의 선배 중에 의예과에서 전과한 분이 고시공부를 했더라면 지금쯤 통과했을 텐데 하면서 후회하는 말을 인용하기도 했다. 그만큼 문단에 데뷔하기가 어려웠다는 의미가 내포된 표현일 것이다.

정치판의 경우에는 자기들이 만들어 놓은 잣대에 걸려서 넘어지는 몰골하며, 청문회에서 발가벗기는 행태는 실소를 넘어 환멸을 느끼게 한다. 정말 정치판에 끼어들지 않았든 못했든 잘했다는 결론이 기쁨으로 다가오고 있다.

나는 지금 이 순간이 가장 복된 시간이라고 자위하면서 살고 있다. 먹고 살기 위해 돈 벌려고 애쓰지 않고, 연금 받아 살아가는 것이 얼마나 여유로운가. 건강을 위해 늘 예쁜 아내와 함께 산책하고, 2남 2녀와 10명의 손자, 손녀들이 저들대로 잘 살아가고 있으니 이 얼마나 즐거운 일이 아니겠는가. 39평 남짓한 아파트에 애들이 마련해 준 가구들과 65인치 UHDTV에 내가 마련한 벽에 걸린 몇 점의 그림들, 새 승용차를 타고서 좋은 명승지를 관람하고, 특급호텔에서 살고 있다고 생각하면서 즐겁게 살고 있다. 설 명절에는 세뱃돈이 많이 지불되지만 애들이 어미 아비에게 주는 돈이 더 많아 상쇄하면 돈이 남는다. 게다가 건강이 허락되어 해외여행도 다녀올 수 있고, 마음만 먹으면 어디든지 갈 수 있으니 이만하면 족하지 않는가.

제 분수대로 살면서 만족감을 조금이라도 느낀다면 그것이 멋진 삶이고, 행복으로 가는 길이라고 나름대로는 굳게 다짐하면서 오늘도 정치에 발 들여 놓지 않았다는 것에 감사하면서 이 글을 쓰고 있다.

絢爛한 知的 詐欺

　사람은 남을 속이려는 욕구와 또 엄연히 거짓인 줄 알면서도 속이는 이중적인 품성을 갖고 있는 듯하다. 우리 주변을 살펴보면 온통 거짓으로 포장되어 있음을 눈치챌 수 있다. 예수께서도 당시 유대인들의 지도자격인 서기관과 바리세인들에게 구체적인 행위까지 거론하면서 외식外飾함을 신랄하게 꾸짖고 있음을 성경을 통해서 읽을 수 있다. 그러면서도 나 자신은 거기에서 비켜서 있는 것처럼 착각하고 있지만 그들보다 더 외식하고 있음을 깨달을 때가 있다.

　상인들과 정치인들은 거짓말을 너무나 당연한 것처럼 자유롭게 구사하기 때문에 논의할 것도 없지만, 한술 더 떠서 거짓말을 미화하여 말을 바꾸었다는 표현으로 호도하여 국민을 현혹시키고 있으니 정말 가소롭지 않을 수 없다. 가장 정직해야 할 일부 성직자의 거짓말은 더 화려하게 단장하여 선량한 신자들을 미혹하고 있는 것도 개탄할 일이지만 그보다 진리를 탐구한다는 최고의 지성인인 학자들의 거짓말은 완전히 사기에 속한다. 남의 논문을 도용하는 것은 논의할 가치도 없고, 상황윤리의 잣대를 가지고 선의의 거짓말은 용인될 수 있는 것처럼 미화시키는 것도 한층 더 깊은 거짓의 수렁으로 이끌고 있다.

남의 말 하듯 태연하고, 여유 있게 말하고 있는 나 자신이 바로 이 부류에 속하고 있다는 사실 앞에 당혹감을 감출 수 없다. 문학평론가라는 허울을 쓰고, 이것저것 끌어 와서 미사여구로 지적 오만을 뽐내면서 글을 쓰지만 그 이면을 보면, 티끌만 한 지식을 과대 포장하여 세상사를 다 아는 양, 얼굴을 내밀고 있으니 이 얼마나 황당하고 현란한 지적 사기인가.

또 논문을 작성할 때도 여러 책에서 단편적으로 인용하면서, 그 책들을 다 섭렵하고 통달한 듯 과시하지만 어떤 때는 자신도 다 이해하지 못해서 애매모호하게 얼버무리면서도 꼭 심오한 무엇이 내재해 있는 것처럼 교묘한 수법으로 처리하는 것도 완전히 사기에 속한다. 물론 학문과 결혼하여 그 속에 파묻혀 두문불출하는 분들이나, 정말 진리 탐구에 몰두하는 분들은 추앙받아야 하지만, 나 같은 돌팔이에게는 학자나 교수, 평론가라는 호칭이 도리어 죄스럽고 부담스러움을 고백하지 않을 수 없다.

더구나 폴리페서(poli-fessor=politic-professor)라는 용어가 생겨날 정도로 염불보다는 잿밥에 관심이 많은 정치에 한쪽 발을 담그고 있는 교수들은 진정한 학자는 아닌 것이다. 나 역시 보직이 아닌 학장까지 했으니 더 말할 나위도 없다. 젊을 때는 온갖 곳에 기웃거리면서 휩쓸리고 매몰되어 인식조차 못 했지만 고희에 이르러 이제 철이 조금 들고 보니 다 헛되고 헛된 바람을 잡는 것과 같음을 어이할 거냐. 먼지만큼도 안 되는 지식의 파편을 모아 이고 가면서도 큰 왕관을 쓴 것처럼 교만에 가득한 삶을 살아왔으니, 나 자신에게도 사기를

친 결과가 되고 말았다.

역사와 전통, 나아가 연륜이 쌓인다는 것은 간과할 수 없는 지적 성장과 자기성찰, 아울러 겸손의 미덕을 깨닫게 해 주는 보약이기도 하다. '호보연자' '심조불산' '지금변소'를 거꾸로 읽어 큰 발견을 한 듯 과장하거나, 한문 몇 줄 읽고 사상의 깊이에 도달한 것처럼 자기도 이해 못 하는 이론을 전개시키는 대담한 일부 학자들의 사기성 지적 오만 등도 그 방면의 전문가가 볼 때는 얼마나 가증스럽고 속물로 보이겠는가. 술좌석이나 모임 장소에서 들은 얘기들을 메모해 두었다가 다음 날 신문지상에 버젓이 자기 이름으로 발표하는 사람들은 재치는 인정할 수 있지만 그 깊이를 어떻게 평가할 수 있겠는가.

재주가 승하면 부단의 노력에서는 멀어지는 모습을 목도하고 있지 않는가. 젊은 학자들의 거침없는 교만을 보고 있으면 아직도 익지 못한 떫은 감을 씹는 듯한 느낌이 드는 것도 연륜의 탓이겠지만, 인문학에서만은 세상살이의 경험이 얼마나 소중한가를 보여 주는 대목이기도 하다. 어디 학문뿐이겠는가. 예술세계에서도 예외는 아니잖은가. 이제 나만이라도 하루를 살더라도 속이지 말고 살아가리라 굳게 마음으로 다짐해 본다.

죽은 자와 산 자를 위하여

젊음을 지나 연륜이 쌓여 가면 문상問喪할 곳이 많아지게 된다. 문상은 죽은 자에 대한 명복을 빌고, 살아남은 사람들에게 위로를 표하는 예의이기도 하다. 세상 사람들이 가는 길로 가는 것은 냉철하게 보면 슬퍼할 일도 아니지만, 눈 뜨고는 못 볼 처참한 현장을 목도할 때도 있다.

젊은 아내와 어린 자식들을 두고 떠난 죽음에는 목석이 아닌 이상 눈물 어린 슬픔을 가질 수밖에 없는 정황도 있는 것이다. 그러나 여러 해 병고에 시달리면서 남의 손에 의지하여 살아가는 분에게는 그 자녀들이 겪는 고통에서 해방될 때나, 백수에 가까운 삶을 누리다가 돌아가신 경우에는 호상好喪이라 하지만, 여기에도 문상객으로서의 예의는 지켜야 한다. 문상객끼리는 모여서 호상이라 해도 좋지만 상주 면전에서는 호상이란 용어 사용은 적절치 않기 때문이다.

우리말에는 영전 앞에서 명복을 빌고 이어 상주들과 인사를 나눌 때 사용하는 말이 부족한 것 같다. 겨우 "할 말 없습니다." "위로의 말씀이 없습니다." "하나님께 맡기시고 위로를 받으십시오." 정도다.

사실 유족에게 무슨 말을 해야 위로가 되겠는가? 그러니 할 말이 없고, 위로의 말이 없는 것은 맞는 말일 것이다. 너무 할 말이 없어서 생긴 일화도 우리를 웃게 만들 때도 있다. 영전에 예의를 표한 다음, 상주와 인사를 나누면서 당황한 문상객이 그만 "본인이 직접 죽었습니까?"라는 엉뚱한 말이 튀어나온 예도 있고, "어떻게 죽었습니까?" 심문하듯 묻는 것도 적절한 표현이 아니다. 불신자와 신자 차이는 죽음 앞에서 확연히 달라진다. 죽음이 끝이라는 생각과 영혼이 불멸이라는 믿는 사람과의 구별이 그것이다.

중학교 같은 반에서 친밀하게 사귀었고, 그 후 대학교수로서도 친교가 있었을 뿐만 아니라 동기 동창회에서도 가까이 지냈던 친구의 부음을 받고, 급히 대학병원에 문상을 갔는데 이게 웬 일인가? 친구와는 친하게 지냈지만 그의 가족과는 생면부지生面不知라 상주들과 인사를 하면서 "아버지와는 친하게 지낸 동기 동창생입니다."라고 했지만 완전히 남의 초상집에 문상 온 것 같은 느낌을 가졌다. 그것도 나이가 80을 바라보는 터에 무안을 당한 기분을 갖고 바로 돌아나왔던 일이 지금도 뇌리에 그대로 간직되고 있다.

그때부터 가족을 모르는 상가에는 문상을 가지 않으리라는 결심을 갖게 했다. 한번은 군위지방에 같은 교회 장로님의 부친이 천국 갔다기에 몇 사람이 함께 밤중에 문상하러 갔다. 마을에 도착하여 불이 밝힌 상가에 들어가서 문상까지 하고 부의금도 전하고, 말을 나누다 보니 상주되는 장로님이 안 보여 조금은 이상해서 혹시 장로님의 부친 상가가 아니냐고 물었더니, 그 집은 조금 더 들어가면 된다고 알려줘서 부의금도 받아 가지고 상가를 찾아간 일도 있었다. 좁은 시골 마을이라 당연히 상가는 한 군데뿐인 줄 알았던 우리의 무지가 빚어낸 웃음거리가 된 셈이다.

　나는 길흉사에는 거의 빠지지 않고 다니는 편이라 많은 죽음을 보면서 이제는 나도 그 길로 가야 할 연륜이 되어 가니 담담할 뿐이다. 교인들은 죽으면 천국에 간다고 입으로는 말하지만 목사님을 비롯해서 모두가 일찍 죽는 것을 진심으로 원하는 사람은 거의 없다. 효도하면 이 땅에서 잘되고 장수하리라는 말씀을 상기하면 이 세상에서 건강하게 오래 사는 것은 복임에는 틀림없는 것 같다.

　나이 들수록 절실하게 건강을 유지하는 것이 무엇보다 중요하다는 것을 알게 된다. 주변에 낙엽처럼 떨어져 가는 모습을 보면, 언제 불려갈지 모르지만 살아 있는 동안에는 하나님의 말씀 따라 하루를 살더라도 바로 살아가야 되겠다는 결심이 굳어지고 있다.

4부

비움의 기쁨

책을 읽으면서 그 속에서 진리를 발견하고 희열을 맛보며 사는 사람들
이 더 풍요롭고 값진 삶을 영위해 간다는 사실도 터득했으면 좋겠다.
생각을 바꾸면 세상을 다시 보게 될 수도 있다.

땅 한 평 없어도

　예로부터 땅은 생활의 터전이므로 그에 대한 소유욕이 컸던 것만은 주지의 사실이다. 과거의 전쟁도 영토 확장에서 비롯된 것이나 지금도 국가 간의 분쟁의 근본이 이와 연관된 것도 그렇다. 성경 '레위기'에서도 토지 규례를 정한 예가 있고, 기타 문헌에서도 토지 분배에 대한 예는 매거키 어려울 만큼 많다. 문학작품에서는 톨스토이의 단편소설 「사람에겐 얼마만큼의 땅이 필요한가」가 백미가 될 것이다.

　바흠이란 사람이 바스키르 지방에서 해 지기 전까지 밟는 땅은 모두 자기 것이 된다는 바스키르 촌장과의 약속을 믿고, 지나친 욕심 때문에 해 지기 전에 도착하지 못하고, 천신만고 끝에 도착점에 이르렀을 때 그는 끝내 피를 토하고 죽고, 그 하인이 그 주인이 묻힐 만큼의 땅에 묻어 주는 것으로 끝난다.

　그럼에도 불구하고 우리나라에서는 삶의 터전이나 생산수단이 아닌 투기 쪽에 그 무게를 두고 있음을 보게 된다.

얼마 전에 서울의 명문 대학에 합격한 학생에게 지금 너의 소원이 무엇이냐고 물었더니 '땅'이라고 대답한 것을 보고, 한편으로는 그 학생이 너무 가난해서 돈으로 보이는 땅이 가장 갖고 싶은 욕망이라는 점에 대해서 어느 정도 이해는 가지만, 앞길이 먼 젊은이가 좀 더 높은 곳에 이상을 두지 않고, 가장 낮은 땅을 소유하고 싶어 했다는 것에는 우려와 아울러 실망도 갖게 했다. 아무리 자본주의와 물질만능주의가 팽배하더라도 배움의 도상에 있는 학생에게만은 최고의 지성인, 시인, 작가를 포함한 예술가, 위대한 과학자를 흠모하며 꿈을 가꾸어 가는 것이 우리를 더 밝게 해 줄 것이기 때문이다.

나는 세상사람들이 돈으로 생각하는 땅 한 평도 소유하지 못했지만 부자富者로 살아가고 있다. 이는 조금도 신기할 것도 이상할 것도 없다. 내 스스로가 부자라고 생각하며 살아가고 있기 때문이다. 일반적으로는 돈이 많아야 부자라 일컫기도 하지만 마음의 부자가 더 행복하다는 것이 나의 지론이다.

물질의 부자는 늘 그 재산 지키기에 급급한 나머지 불안감과 초조감 또 그로 인해 없는 사람에게 박탈당할까 하는 염려 등으로 불편한 심기를 감추지 못하는 사람을 보게 된다. 게다가 인색해서 남에게 베풀기를 즐겨하지 않는 속성 때문에 비판과 조롱의 대상이 되기도 하지만 마음의 부자는 아무도 침범하지도 못할뿐더러 상실의 위험도 없다.

거지 부자父子가 대궐 같은 집이 불타는 것을 보고, 아들이 하는 말 "아버지 우리는 저렇게 불탈 것이 없어 좋네요." 그 말을 들은 아버지가 "다 네 애비 덕이다."라고 대답한 그 여유에서도 그런 의미가 내포된 듯하다. 무소유의 소유가 얼마나 사람을 기쁘고 즐겁게 하는 일인지는 체험한 사람만이 알고 있다. 우리 주변에는 물질의 바벨탑을 쌓으며, 그 자체에 의미를 부여하며 살아가는 사람도 있고, 끼니를 걱정해야 하는 극빈자나 병으로 앓고 있는 불쌍한 분도 보게 된다.

어느 가정에 심방을 갔더니 그의 숙모는 하반신이 마비가 되어 요양원에 갔고, 숙부는 뒷바라지하다가 병을 얻어 병실 신세를 져야 하는 딱한 이야기를 듣기도 했다. 복권 사는 사람들은 인생역전을 꿈꾸는 하루 품팔이나 어려운 살림살이에서 벗어나 보고자 하는 부류의 사람들이다. 분수를 모르고 당첨되리라는 허망한 꿈 자체를 즐기면서 살아가는 인생의 한 단면을 목도하기도 한다. 물질만이 행복을 가져다 주지 않는다는 사실을 모르는 불쌍한 사람도 있지만, 비록 가진 것은 별로 없더라도 높은 데 뜻을 두고 매일 감사와 기쁨으로 살아가는 진정 행복한 사람도 많이 있음을 보게 된다.

TV만 보지 말고 책을 읽으면서 그 속에서 진리를 발견하고 희열을 맛보며 사는 사람이 더 풍요롭고 값진 삶을 영위해 간다는 사실도 터득했으면 좋겠다. 생각을 바꾸면 세상을 다시 보게 될 수도 있다. 나는 제도상에 얽매여 읽고 싶은 책과 쓰고 싶은 글을 쓸 수 없었지만 퇴직을 하고 나니, 나만의 시간을 가질 수 있고, 또 그 시간이 얼마나 소중하고 귀한 보배처럼 느껴지는지 이제야 내 삶이 새로 시작되는구나 하는 만족감을 갖게 되었다. 실제로 나는 땅 한 평 없어도 부자富者다. 부자富者다 말하면서 자랑하면서 살아가고 있다.

비움의 기쁨

　비움의 영역은 물질적 무소유뿐만 아니고 여백과도 공유하며, 내
면세계까지 이르고 있다. 나는 빈 공간과 빈 시간이 좋고, 마음까지
도 비우기를 원하고 있다. 내가 사는 아파트는 13층인데, 동쪽 베란
다에는 아내와 함께 가끔 티 테이블에 마주 앉아 커피를 마시는 여
유를 가질 때, 성(城: 롯데캐슬)에서 살았던 옛 서양인들의 삶의 일부를
느껴 보기도 한다.

　그런데 남쪽 베란다에는 화분 한두 개만 놓고 빈 공간으로 두면
좋겠는데, 아내는 산세베리아, 부겐빌레아, 스투키, 행복수, 금전수,
콩고, 양란, 개발선인장, 소철, 화월, 이름도 모르는 식물들과 제주
도 돌로 분재한 것과 규화목으로 장식한 화분, 작은 단풍나무로 분
재한 것 등 20여 점의 화분으로 가득 채워 놓았다. 한때는 여러 종류
의 난을 키우다가 물을 자주 준 결과로 실패한 적도 있었다. 내 취미
에는 맞지 않지만 그대로 수용하면서 지내고 있다.

　음식을 많이 먹고 소화가 안 되어 속이 더부룩할 때나 방광 쪽에
가득 찬 느낌을 가질 때 비우고 나면 상쾌했던 기분을 경험했을 것

이다.

 나는 외적 삶에서도 늘 비워 있음을 실감하며 살아가고 있다. 은행 통장에 잔고를 많이 둔 일이 없다. 수입이 적어서 그럴 수도 있겠지만, 한때 제법 벌이가 좋았을 때도 조금 쌓이면 지출할 일이 생겨서 비워야 하고, 내 딴은 알뜰하게 생활하면서 아껴서 조금 저축 되는가 싶었는데 또 도와줘야 할 경우가 내 통장을 비우게 만들고 있다.

 지금도 연금 받아서 절약하고 있지만 통장에는 잔고가 별로 없다. 사용처를 밝히기에는 내 자신의 마음이 허락하지 않아서 접어 두지만 한평생을 비우고 살고 있다. 그래도 이웃이나 가까운 사람들로부터 따뜻한 마음과 사랑의 빚 외에는 빚지지 않고, 또한 여유롭게 살고 있는 2남 2녀의 도움 없이 내 소유의 아파트와 승용차를 이용하면서 살고 있으니 그래서 늘 마음의 부유함을 가지게 된 것일까.

 여백의 미학은 예술 전반에 걸쳐 논의될 수 있는 논제지만 여백이 주는 미적 가치를 평가하는 것만으로도 비움이 가지는 의미를 짐작할 수 있게 한다. 本來無一物은 무소유와 통하는 말이다.

법정스님이 쓴 『무소유』에서도

 크게 버리는 사람만이 크게 얻을 수 있다는 말이 있다. 물건으로 인해 마음을 상하고 있는 사람들에게는 한번쯤 생각해 볼 말씀이다. 아무것도 갖지 않을 때 비로소 온 세상을 갖게 된다는 무소유의 또 다른 의미이다.

- 『무소유』 끝부분

그의 책에서는 영적 의미에서보다 물질적 소유에 대한 무소유에 더 무게가 실린 것으로 보이기도 한다. 물론 내면세계의 비움을 배제한 것은 아니다. 그의 마지막 구절에서도 그런 의미를 내포하고 있다.

2019년 11월 14일(목요일) 자 매일신문 종교칼럼에 실린 동진 스님의 「삶을 가볍게 낙엽이 떨어진다」에서도

자연과 같이 인생도 때를 알아 소유하고 떠날 줄 알아야 한다. 그래야 삶이 가벼워진다.

그렇다고 현실적인 무소유의 삶을 살란 뜻이 아니다. 무소유無所有란 내가 가진 걸 모두 내려놓고 물질적으로 가난해지는 삶이 아니다. 예수님도 '무소유'를 설했다. "부자가 천국에 들어가는 것보다 낙타가 바늘구멍에 들어가는 것이 더 쉽다"(마태복음 19장 24절 참조)

모두 들어본 유명한 구절이다. 종교에서 말하는 '무소유'는 이런 것이다.

비움에 대한 가장 탁월한 구절은 예수님이 말씀한 팔복八福중에서도 맨 먼저 나온다.

심령이 가난한 자는 복이 있나니 천국이 그들의 것임이요.(마태복음 5장 3절)

완전히 물질적 세계를 떠나 영적 세계에서 비움의 세계를 설파하고 있다. 그것은 한없는 겸손한 마음과도 통한다. 그런 사람이 왜 복

이 있느냐. 그것은 천국을 소유할 수 있기 때문이다.

비움의 기쁨은 물질적인 면에서는 남에게 베풀어 줄 때이고, 영적인 면에서는 한없는 겸허한 마음으로 내려앉을 때다.

나도 이렇게 살고 싶은데 비움의 기쁨을 가질 때가 그렇게 많지 않다는 것이 현실이다. 그러나 계속 노력하려는 의지만은 굽히지 않고 살고 싶다.

책을 버릴 때

　나는 책을 좋아하여 수집하기를 즐기는 편이다. 그중에는 연구비로 구입한 책이 많아서 퇴직할 때 학교에 기증하는 것이 도리일 것 같아서 다른 책들과 함께 수천 권을 도서관에 맡겼다. 그 후에 도서관에서는 필요한 것만 남기고 폐기처분했다는 소식을 듣게 되었다. 과거에는 도서관에 기증한 책들을 소중히 다루었으나 지금은 기증 자체를 사절한다고 한다.

　글을 쓰려고 참고서를 찾았으나 이미 내 수중에는 없어 후회하면서, 후배들에게는 자기 책은 갖고 퇴직하는 것이 더 바람직할 것이라고 조언한 일도 있었다. 단독주택에서는 전연 의식 못 하고 있었지만 아파트에서 생활하니 책을 보관할 공간이 부족하다는 것을 실감했다.

　아내가 집안이 너무 어수선하니 책을 처분했으면 좋겠다고 여러 번 간청한 의견을 수용 못 하고 견디어 왔는데, 이제 나이가 많으니 책을 치워 달라는 것이다. 시집, 소설집, 수필집 등을 받았을 때는 문자로 감사나 축하인사 표현은 무성의한 것 같아서 꼭 전화로 직접 음성을 듣고 감사와 그간의 노고를 격려하면서 인사를 전한다.

그뿐만 아니고 책을 받았을 때는 몇 군데는 읽고 난 후에 전화하는 것을 예의로 생각하고 실천하고 있다. 그만큼 작가 자신에게는 분신과 같이 귀중한 책이므로 나는 거기에 부응하는 것이 책무처럼 느끼고 있기 때문이다.

그리고 내 글이 게재된 책은 그 부분을 잘라내어 스크랩을 하고 그 책은 불완전하여 버리고 있다. 그러나 무더기로 많은 양의 책을 버린 일은 한 번도 없었다. 서가書架 세 개와 쌓아 둔 정기 간행물 등을 포함한 수천 권을 한꺼번에 버리게 되니, 마음도 허전하고 이젠 나이만큼 살았는가 하는 서글픔이 마음 한구석을 비집고 들어왔다.

하루에 다 버리기에는 양이 많아서 3일에 걸쳐 쓰레기장으로 옮겼다. 그러나 나의 저서와 아직은 참고가 될 만한 책은 거기에 포함시키지 않았다. 조금은 읽을 만하다고 판단되는 책은 헌옷 수거함 위에 올려놓았다. 전에는 그런 책을 가져가는사람이 있었는데 요즈음은 전혀 찾아 볼 수가 없는 상황이 되어 버렸다. 그만큼 독서 인구가 줄었다는 방증이다.

아주 희귀본이면 모르지만 헌책방에서도 아예 거들떠보지도 않는다고 한다. 수위실 아저씨가 책 버리는 나를 보고 "학자십니까?" "아니요. 교숩니다." 평소에도 나는 가르치는 교수이지 학문을 천착하는 학자가 아니라고 강변해 왔다. 반거충이가 무슨 학자가 될 수 있는가 하는 것이 내 주장이다. 나는 교수직에 있으면서 온갖 보직은 다 맡아 봤고, 행정 책임자이자 인사권을 가진 학장(총장)까지 역임했으니 학자는 될 수 없다고 단정하고 있다.

교수는 아는 만큼 가르치면 되지만 학문의 깊이는 측량할 수 없어

함부로 접근하기 어려운 영역이다. 교수면서 학자가 대학 강단에서 강의하는 것이 가장 이상적이지만 나처럼 겉으로는 많이 아는 것처럼 보이지만 속은 박사薄士로 끝나는 사람도 있다. 나는 학문에 매몰되어 생을 하직하거나 몸이 망가져 상체가 굽은 분을 진심으로 존경하고 있다. 나의 어정쩡한 책사랑 태도가 책을 버린 행동과도 상관관계가 성립된 게 아니겠는가.

실제로 집안을 정리해 놓으니 공간도 넉넉하고 마음도 여유롭기는 하지만 온갖 정성을 다해 만든 책을 버렸다는 이상한 감정이 마음 한구석을 찌르고 있음도 숨길 수 없는 사실이다. 모든 것 다 내려놓고 빈 마음일 때 근심 걱정은 다 사라지고, 기쁨과 즐거움, 감사의 충만함과는 거리가 있는 것 같다. 가시적 상황이 내면의 깊이에는 이르지 못한다는 느낌을 갖게 했다.

나도 언젠가는 이와 같이 폐기될 날이 이르리라는 생각에 서글퍼지기도 했다. 그러나 사는 동안에는 내가 할 수 있는 일은 최선을 다하겠다는 다짐도 놓치지 않고 있다.

성城에서 사는 보람

　유럽을 여행하면서 산꼭대기에 성城을 만들어 물 한 모금 없는 그곳에서 많은 하인을 부리면서 거주했던 성주城主를 상상해 보기도 했지만 별로 유쾌하지는 않았다. 그곳에서 호화롭게 생활하려면 얼마나 많은 사람의 희생이 따르겠는가. 그러나 나는 지금 도시에서도 모든 부대조건들이 갖추어진 캐슬城에서 살고 있다는 것이 너무 기쁘고 즐겁기만 하다.

　롯데캐슬 13층에 위치한 나의 생활 터전은 남쪽으로는 고층 빌딩들이 없어 비슬산까지 탁 트여 앞산 순환도로를 달리는 자동차도 볼 수 있고, 83타워(두류타워)도 가깝게 보이고, 야경은 그것대로 멋이 있어 기분을 상쾌하게 만들어 준다. 또한 시야에 들어오는 건물들이 눈 아래로 보여 중세 유럽 성주들의 삶 일부를 느낄 수가 있어서 더욱 좋다. 식탁에 앉아서 바라보는 도시 풍경도 새로운 느낌으로 다가오고, 동쪽으로는 달성공원과 3호선을 달리는 전동차도 쉽게 보이고, 멀리는 팔공산이 눈앞에 펼쳐지고 있으니, 그 풍광에 조금은 매혹되기도 한다.

베란다는 확장공사를 하지 않고 미니 방으로 만들어 편리하게 사용하고 있다. 나는 이사를 여러 번 했으나 아파트 생활은 학교 사택에서 두 번에 걸쳐 6년 반 동안 살았지만 쾌적한 기분을 가져 보지를 못했다. 단독 주택도 세 채를 지어 옮겨가면서 생활하다가 비산동(날뫼마을)이 싫어 앞산 밑 대명동에서 32년을 살았다. 옥상의 누수현상, 보일러 등 손볼 곳이 많아 늙어가면서 살기에는 부적합하다는 판단이 들었지만 덩치가 커서 매매가 되지 않아 그냥 체념하면서 지낼 수밖에 없었다.

2남 2녀를 다 제 갈 길로 보내고 둘이뿐이니 작은 아파트로 옮기자고 했으나, 명절 때는 20명이 모이게 되니 거기에 걸맞은 평수로 결정이 된 셈이다. 지금 우리 내외는 특급호텔보다도 우리 아파트가 더 좋다고 자위하면서 살고 있다. 남쪽 앞 베란다 반은 산세베리아, 콩고, 금전수, 로즈마리, 분재의 단풍나무, 제라늄, 게발선인장, 화월, 군자란, 소철, 국화, 제주도산 돌 분재 등이 자리를 차지하고 있다.

외형상으로는 하우징이 잘 적용되어 4년이 지났지만 손 하나 댈 곳이 없을 정도로 깨끗하게 유지되고 있다. 지인 몇 사람과 심지어 아파트 관리인까지도 이런 곳도 있느냐 하면서 감탄을 자아내고 갔으나, 나로서는 그 말보다도 더 큰 기쁨을 누리고 있었다는 사실에 놀라고 있다. 더운 날에는 방과 거실에 설치된 에어컨을 동시에 켜 놓을 때가 있다.

나는 스포츠를 보기 위해서 방으로, 집사람은 연속극을 본다면서 넓은 거실에 대형 에어컨을 켜 놓고 지내기도 했다. 무엇보다 더 좋은 것은 이런 환경에서 남의 눈치 보지 않고 둘이만 산다는 것이다.

주위에는 홀로 된 사람이 늘어가고 있다. 이런 상황을 보면서 부부가 건강하게 그것도 자가용을 손수 운전하면서 아내와 같이 다닌다는 것은 더 보기 좋은 모습이 되고 있다. 또 아파트 내부를 보면 옛날 재산 2호였던 자개농과 삼층장은 구석방으로 밀려나고, 화장대는 베란다 미니 방에서 천대를 받고 있다. 아무리 좋았던 물건이라도 새것에는 밀리는 법이다.

우리 늙은이도 머잖아 젊은이에게 자리를 비켜 주고야 말 것이다. 이것은 정한 이치가 아닌가. 큰방에는 애들이 이사 선물로 준 노송에서 만든 농이 제 자리를 차지하고, 책들은 퇴직하면서 도서관에 3분의 2는 기증했는데도 한 방을 채우고, 일부는 베란다 방에 꽂혀 있다. 물론 컴퓨터도 책방에 같이 있다. 누구는 젊음이 좋다면서 뒤를 돌아보는 이도 있겠지만 나는 정년이 되어 퇴임했을 때 그렇게 기쁠 수가 없었고, 강의 시간을 주겠다는 청을 극구 사양하고, 애들 뒷바라지 다 하고, 막내가 영국에서 학위를 취득하고 나니 지금이야말로 가장 홀가분한 마음으로 삶의 여유를 갖고 성城에서 즐거움을 만끽하고 있다.

자족한다는 것이 쉽지는 않지만 세월의 무게가 인간의 무거운 짐을 지탱해 주면서 영육 간에 충만한 환희를 향유한다는 것은 얼마나 보람된 일인가. 불만은 다른 불만을 생산해 내지만 만족은 더 풍성한 삶의 영역을 넓혀 주고 있다는 사실이 요즈음 성에서 획득한 하나의 깨달음이기도 하다.

대구 서구 지역을 다녀와서

　우리는 먼 데 것은 동경의 눈으로 바라보며 직접 찾아보기도 하지만, 막상 주변에는 무관심 내지는 소홀히 넘어갈 때가 많은 것이 현실이기도 하다. 나는 초등학교에서부터 30대 초반까지 비산동에서 살았지만 가르뱅이가 정확히 어딘지는 모르고 있었다. 대충 짐작은 하고 있었으나, 이번에 답사한 결과는 내가 생각했던 위치와는 일치하지 않았다. 행정구역상으로는 상리上里2동인데 찾아가기가 쉽지 않았다.

　국채보상로 끝에 이르면 소위 새방골新坊谷 상리1동인데 2동과는 와룡산 자락에 막혀 차를 타고는 갈 수 없고 돌아서 서대구 IC 옆 도로로 빠져나오면 가르뱅이 마을에 이르게 된다. 버스 편은 234, 서구 1, 서구1-1을 이용하면 된다. 서구 일대의 동명洞名에 얽힌 유래는 지면을 달리하여 다루기로 하고, 다만 가르뱅이는 그 명칭만으로도 흥미를 유발시키기에 충분하다고 하겠다. 뱅이라는 말이 붙는 경우는 사람을 지칭하되 비칭卑稱에 속한다. 장돌뱅이, 게으름뱅이, 주정뱅이, 걸뱅이(거지) 등의 예가 그렇다.

와룡산 기슭이라 아무 간섭도 받지 않고, 걸뱅이(거지)들이 움막을 짓고 살았던 곳으로 일제시대에 일본 사람들이 '걸' 자를 풀어 '거르'로 발음하다가 '가르'로 쉽게 변형시켜 사용하지 않았겠는가 하는 것이 평소에 가졌던 나의 견해다. 그 외에도 여러 설이 있으나 여기서는 상세하게 설명하지 않기로 한다. 아무튼 가르뱅이라는 어휘는 관심의 대상이 될 수는 있지만, 지금은 옛날의 흔적을 엿볼 수 있을 뿐, 관광 코스로는 그 이름만큼 매력적이지는 못했다.

일반적으로 서구 일대는 시민들에게 많이 알려지지는 않았을 지라도 주목할 만한 몇 가지가 있다. 문화재로는 '날뫼북춤'(대구시지정 무형문화재 제2호), '천왕메기'(대구시지정 무형문화재 제4호)가 있고, 섬유 도시답게 비산동 염색공단은 많은 기업체들이 작업하고 있기 때문에 자세하게 둘러볼 수는 없지만 차를 타고 그 지역을 관광할 수는 있다.

그중에서 특히 '진영 P&T'는 예약하면 전시 홍보관을 비롯해서 공정을 직접 견학할 수도 있다. 특히 축적된 기술력과 노하우를 바탕으로 디자인 도안에서부터 원단까지 생산하는 날염捺染원단 기업체로서 날염기술은 세계적으로 인정을 받고 있다고 한다. 이런 기술을 뒷받침해 주고 있는 곳이 바로 중리동에 자리한 한국섬유개발 연구원(ktdi)이다.

이곳은 토, 일요일 법정공휴일은 제외하고는 본관 1층에 마련된 전시실을 관람할 수가 있다. 응용 및 공정기술로 섬유업계의 경쟁력을 높일 수 있도록 지원하기 위해서 설립된 연구기관이다. 우리의 상상을 초월할 만큼 섬유의 영역이 확대되고 있는 현장을 눈으로 확인할 수가 있다. 상세한 내용은 연구원에서 발행된 안내 책자에 다수록되어 있다.

　그 외에도 열병합발전소는 직접 들어가 보지 못했고, 대구광역시의 환경기초시설을 운영하기 위하여 설립된 최고 수준의 환경전문 공기업인 대구환경공단의 북부사업소와 달서천사업소는 견학이 수월하다. 특히 우리 생활과 직결되어 있는 삶의 터전의 경우를 보기로 하자. 서구에는 다른 곳에서는 찾아보기 힘든 미로처럼 된 골목길이 여러 곳에 남아 있다. 골목길에 들어서서 길을 찾아 걷다 보면 길이 막히고 막다른 골목에 다다르게 된다. 이는 골목투어로서는 낙후된 일면이라서 외국인에게는 적합지 않지만 시민들로서는 이런 곳에 다녀가면 현재의 자기 삶이 얼마나 행복한가를 느낄 수 있을 것이다.

　대구 시민회관에서 서쪽으로 계속 직진하면 북비산 네거리를 만나게 된다. 거기서 1시 방향에 원고개시장이 있다. 원고개는 비산1동의 자연부락으로 옛날 고을 원님이 이곳을 지나다녔기 때문에 붙은 이름인데, 새로 아케이드, 공영주차장을 준공한 데 이어 2차로 개량작업이 진행 중에 있다. 규모는 크지 않지만 700m에 걸쳐 깔끔하게 단장된 시장은 길바닥에 1마당에서부터 11마당까지 동판을 깔아놓아서 분위기를 한층 새롭게 하고 있다. 여기는 재래시장이라 서민들의 향취가 물씬 풍기면서도 현대화된 외모가 조화를 이루고 있어한 번쯤은 둘러볼 만한 곳이다. 외국관광객에게 보여 줘도 손색이 없을 만큼 우리 것의 진면목을 그들의 뇌리에 각인시켜 주리라 예측케 한다.

　달성토성을 따라 새벽마다 개장되는 번개시장도 한번 구경해 볼 만한 곳이다. 또한 원대동 가구 골목길을 걷다 보면 서부경찰서 비원지구대 입구 옆에 '영장노공정무휼군'이란 글자가 희미하게 새겨진, 1657년에 건립된 것으로 추정하고 있는 조그마한 비석이 있다. 노정盧錠이란 장군이 군軍을 잘 다스린 공을 기린 비석이란 설도 있고, 옛날 보릿고개 시절 죽어가는 자식을 먹여 살리기 위해 도둑질한 불쌍한 죄수들을 모두 풀어주고 정작 자신은 목숨을 잃게 되자 훗날 이를 기념하기 위해 풀려난 죄수들이 그의 고마운 뜻을 기리기 위해 비석을 세웠다는 설도 있다.

맛있는 거리로는 중리동의 곱창마을과 반고개 무침회 골목, 인동촌의 아나고 골목, 옛날 사리못이 있던 곳에 서부시장이 있는데, 그 일부 지역에 프랜차이즈 특화거리 등이 손님을 유혹하고 있지만, 맛이란 개인의 취향에 따라 다르기 때문에 꼭 꼬집어 말하기는 쉽지 않지만, 상가가 형성되어 특색을 자랑하고 있다. 대구시내 다른 구區의 볼거리에 비교하면 조금은 모자란 점도 있지만 사람 사는 냄새가 독특해서 대구를 찾는 이들에게 관광코스로는 둘러볼 수 있는 곳이기도 하다.

나 역시 이번 기회에 알지 못하고 있었던 곳을 탐방할 수 있게 되어 마음이 한결 가벼웠다. 체험이야말로 참지식이란 점을 다시 한번 깨달았다.

散策所感

    나는 매일 산책을 일과 중 하나로 삼고 실행하고 있다. 말이 좋아 산책이지 걷기 운동이다. 가는 장소는 세 곳이다. 왕복 7.5km인 두류공원, 25km인 대구수목원, 50km인 가산산성, 모두 승용차로 이동하고 주차한 후에 걷기를 시작한다.

    물론 혼자가 아니고 내자와 동행한다는 것이 예사롭지 않고, 낡아가는 나이지만 즐거운 일이다. 다만 나는 걸음이 빠른 편인데 동행자의 템포가 약간 느려 보조를 맞추느라 배려를 하지 않을 수가 없다.

    두류공원은 집에서 가장 가깝고 또 시간의 제약을 받지 않아 가장 편한 코스다. 지난여름 그 무더운 더위에도 결석하지 않고 매일 식전에 다니고 있다. 3km쯤 걷다가 벤치에 쉬고 있으면 재미있는 모습들을 볼 수 있다.

    보폭을 넓혀 씩씩하게 걷는 씩씩이, 지팡이를 짚고 억지로 걷는 노인, 다리가 불편하지만 자기 극기로 열심히 걷는 중년 남자분들, 늘 부채를 들고 다니는 두 분의 자매 모습, 휠체어에 모친을 모시고 바람 쏘이려는 효자, 전동 휠체어를 타고 다니는 빨간 머리 아저씨, 일에 쫓긴 사람처럼 분주히 걷는 군상들, 달리기만 고집하는 부류들, 사람의 얼굴만큼 걷는 모양새도 다양함을 볼 수 있다.

새로운 얼굴보다는 늘 다니는 사람들이 대부분이다. 두류공원에서는 자연의 모습을 감상하면서 걷기보다는 잘 정돈된 산책로를 따라 앞만 보며 열심히 운동하고 있다는 표현이 맞을 것 같다. 가끔 많지는 않지만 산 중턱이나 정상 쪽을 택해서 등산의 묘미를 즐기는 사람도 있다.

두류공원은 대구 시민을 위한 공간으로 시간제한 없이 개방되어 있고, 공기도 산에 비교할 바는 아니지만 그런대로 호흡에 신선함을 제공하고 있다. 하루에 이용객이 생각하는 것보다는 많을 것 같다. 그만큼 가까운 위치에 있기 때문일 것이다.

새벽마다 청소하는 미화원들의 수고가 두류공원을 정결하게 유지시켜 주고 있다. 월요일 새벽에는 시민들의 의식 수준을 가늠케 하는 난잡한 쓰레기 방치 때문에 양식 있는 사람들의 마음이 우울해지지만 역시 미화원들의 아낌없는 노력이 이를 지워주고 있다.

인물 동산이나 시비 등은 걸음을 멈추어야 하기 때문에 특별한 날이 아니면 지나치게 된다. 몇 년을 다니면서도 두류공원에 무엇이 어디에 존재하는지 모르는 사람도 많이 있다. 두류공원은 대구의 명물이고 보배로운 곳이다.

대구수목원에 갈 때는 미리 계획을 해야 한다. 오후 6시면 문을 닫기 때문에 시간을 고려해서 산책해야 한다. 여기서는 걷기 운동도 하지만 그야말로 산책의 묘미를 맛볼 수 있다. 보통은 두 바퀴를 걷게 되면 6km 정도는 된다. 호랑가시나무 울타리 곁을 지나 마로니에 숲, 그리고 남천 군락지를 지나 대나무 숲, 무궁화동산 등 천만 그루가 살아 숨 쉬는 곳이라 눈을 즐겁게 한다.

특히 1km 정도, 나무로 만들어 놓은 산책로는 더할 나위 없이 기분을 상쾌하게 전환시켜 준다. 공기도 두류공원보다는 맑고, 조성된 환경도 좋지만 단지 거리가 멀다는 점과 개방시간이 제한된 것이 아쉬움으로 남는다. 오르막이 없고 거의 평지라 걷기 운동에는 매우 적합한 곳이다. 마로니에 숲의 벤치에 앉으면 이국정취도 느껴지지만 나무들과도 대화가 이루어지는 기분이다. 나무들은 제 자리에 서 있지만 이동하는 사람들보다 순수를 견지하고 있다.

수없이 다녔지만 무관심의 소치로 보지 못한 것들도 새로 발견한다. 식물들은 제 자리를 지키고 있었지만 내가 미처 보지 못하고 지나쳤다는 것을 알게 될 때 인간의 안목이 얼마나 한정된 것인가를 깨닫게 되고, 우리는 관심 밖의 사물이나 상황에 대해서는 얼마나 무지한가를 알게 해 준다. 대구수목원은 쓰레기 매립장을 새로운 아이디어로 탄생시킨 대구의 명물 중에도 가장 값진 곳이라 평하고 싶다.

가산 산성의 경우는 하루를 할애해야 하는 부담에 쉽게 오지 못하게 한다. 그러나 다른 곳보다 공기가 깨끗하고 기분을 정화시켜 주는 곳이기도 하다. 임도를 따라 올라가면 가파른 곳도 별로 없고 산행하기에는 좋은 코스다. 그러나 다리가 불편하거나 숨이 가쁜 사람들에게는 권하고 싶지 않은 곳이기도 하다.

가산 산성까지 다녀오려면 거리가 멀고 동문까지가 적합한 거리다. 여기를 찾는 사람이 많지 않은 것은 자기 몸 상태에 그 원인이 있는 것이다. 점심 도시락을 준비해서 중간에 쉬면서 먹고 걷는 것이

제격이다. 나는 그렇게 하고 있다.

　세 곳이 다 특징이 있고, 좋은 코스지만 활용하는 데 따른 제약은 내가 극복해야 할 몫이다. 내 경우는 그냥 단순히 즐기는 산책이 아니고, 어디까지나 건강을 유지하기 위한 방편임을 시인하지 않을 수가 없다. 얼마나 오래 살려고 그러느냐 하는 질문에 대답한다. 오래 살기 위한 선택이 아니고 얼마나 건강하게 살다 가느냐에 무게를 두고 있을 뿐이라고.

유식有識한 무지無知

이 용어의 출처에 대해서는 존 칼빈(Jean Calvin, 1509~1564)이 23년에 걸쳐 저술했다는 그의 명저 『기독교 강요』를 쉽게 이해하도록 라은성의 저서 『이것이 기독교 강요다』에서 인용하기로 한다.

그러니까 아우구스티누스가 처음 사용했고, 그것은 종교적 차원의 범주에 속했다고 할 수 있다. 여기서 종교적인 불가사의한 상황은 아무리 유식한 사람이라도 이해에 이르지 못한다는 것과 일상생활에서 나타나는 유식한 사람들의 무지까지 포함하여 말하려 한다.

나부터 사실은 유식한 무식인에 속한다. 무식인은 두 종류가 있다. 배우지 못해서 깜깜한 무식인이 있는가 하면, 배워서 유식하면서도 무식인인 경우다. 어떤 의미에서는 유식하면서도 무식인이 더 위험한 존재일 수 있다. 같은 평론을 쓰는 젊은 부류에 속한 사람 중에서 나의 글을 읽고 박학다식하다는 문자 메시지를 보낸 경우는 듣기 좋도록 보태서 한 말이라고 간주하고 있다.

실은 아는 것보다 모르는 게 비교할 수 없을 만큼 많은 것은 말할 나위도 없고, 꼭 알아야 될 것도 이해에 도달 못 하는 경우도 너무나 많기 때문이다. 성경에 기록된 예수 그리스도가 동정녀에게 탄생했다는 것과 삼위일체에 대해서는 짧은 지식으로는 접근을 시도해도 모르겠고, 부활도 인간의 두뇌와 아는 것 다 동원해도 그대로 믿는 것밖에는 방법이 없다.

하기야 컴퓨터 칩에 저장되어 있는 가공할 만한 많은 용량이나 그것으로 전 세계에 동시에 전달되는 과학의 힘을 빌리자면 인간의 지문指紋도 제각각 다르다는 사실 앞에 서면, 조물주께서 인간의 지문의 칩 속에 온갖 것을 다 저장해 두지 않았겠는가라고 인정하고 싶은 것이다. 그리고 이 우주 공간에 나고 죽고 한 그 허다한 무리들이 차지할 수 있는 장소도 얼마든지 있다는 것도 현실적으로 가능하다고 보기 때문이다.

이 또한 유식한 무지의 소치일지도 모른다. 내 집사람이 오른 쪽 귀에 물이 생겨서 몇 년을 고생하며 이비인후과의원과 종합 병원 등 헤아릴 수 없을 만큼 다녔지만 차도가 없었다. 심지어 서울의 큰 병원에 가서 많은 돈을 지불하며 온갖 검사를 다 했으나 역시 허사였다. 누군가 가르쳐 주는 이비인후과를 찾아 인공 고막을 만들어 시술하고 나니 기적같이 치유가 되었다.

그렇다고 다른 병원이나 의원 등의 의사들은 유식한 무지인인가? 그럴 수도 있겠다는 얇은 견해도 있겠지만 이들을 유식한 무지의 범주에 포함시키는 데는 동의하고 싶지 않다. 그러나 극히 상식에 속하는 질문을 박사에게 했는데 대답을 못 하자 그 사람은 실력이 없고, 공부도 안 한다고 평하는 말을 들은 때가 있었다. 이런 경우에는 유식한 무지의 부류에 포함시켜도 무방할 것 같다.

어느 날 강원도 양양에 갔었는데 일행 중에 교수 한 사람이 관광

안내판을 보면서 한자로 쓰인 襄陽이란 지명을 읽지 못하고 물었을 때 조금은 당황하면서도 그 세대들에게는 한자교육을 받지 못해서 그렇겠지 하고 인정은 하면서도 유식한 무지로구나 속으로 규정짓기도 했다.

목사님이 설교할 때 성경 말씀만 바로 해석해서 전달하면 될 것을 공연히 자기 전공도 아닌 부분을 예화로 인용하다가 낭패를 당하는 경우도 허다하다. 교인들 중에는 온갖 분야에서 전공한 전문가들이 앉아 있는데, 쓸데없이 옆길로 가다가 무식이 유식이 되자 젊은이들이 교회를 옮기는 실황을 목도하기도 했다. 또한 TV를 통해서 등장한 전문가 연사조차도 실수하는 경우를 가끔은 보게 된다.

시청자들의 눈높이를 가볍게 봐서는 안 된다는 인식은 갖고 있어야 할 것이다. 그렇다고 부분적인 면을 두고 유식한 무지로 매도하는 데는 한계가 있을 수 있다. 나는 오늘도 유식한 무지를 최소화하기 위해서 노력은 하고 있지만 나는 역시 博士가 아닌 薄士에 머물러 있다고 스스로 인정하고 있다. 지구상에서 유식한 무지에서 자유로운 유식인은 얼마나 되겠는가? 끊임없는 노력만이 필요한 이유일 것이다.

나의 등단 무렵

내가 문단에 관심을 갖게 된 것은 1959년 대학 2학년 때 대구시내 5개 대학 〈국어국문학 연구논문집〉에 '이육사陸史 연구'(이 논문은 육사문학관에 비치되어 있음)를 게재하고, 이어 대학 3학년 때(1960년) '뉴크리티시즘과 한국문학'을 발표하면서 시작된다. 이 논문은 4학년 말에 입대하여 휴가 와서 《自由文學》에 투고했는데 이때가 1963년이다.

1963년 8월 10일(토) 일기장에는

東山藥局 건너편 서점에서 《自由文學》 8月호가 있기에 보았더니 第9回 新人賞當選者發表가 되어 있었다. 지난 1월에 당시 휴가 와서 보낸 「뉴크리티시즘과 한국문학」이란 평론 작품이 第8回 發表號인 3月 호에 예선에 뽑힌 글 중에 있더니만 오늘 9호 發表 가운데 또 評論豫選 通過作品이라 해서 쓰여 있지 않는가. 정말 駭怪罔測한 일이다. 한 작품을 여러 번 써먹은 듯한 인상을 주겠으니 말이다. 그러나 그 사람들의 업무착오일 것이 분명하다. 나는 다만 金春洙 선생님을 통해서 「韓國詩研究方法試論」을 제10회

에 응모하려고 했을 뿐이다.

라고 기록되어 있다. 또 1964년 6월 18일(목)의 일기장에는

조반을 먹고 있는데 매일처럼 오는 신문이 왔다. 첫 면 下段에 《現代文學》 7월 호가 發賣 開始라는 광고에 눈이 갔다. 나의 평론 작품을 보낸 지가 퍽 오래되었는데 발표가 안 되기에 포기하고 있었는데, 그래도 이번 호에는 하고 약간의 기대가 그 광고의 목차를 보게 되었다. 나의 평론이 목차 속에 있지 아니한가. 「韓國詩研究方法試論」이 그것이다. 얼마나 기뻤던지 밥맛조차 없어 숟가락을 놓고 말았다.

그때 '評論薦後感'을 그대로 인용하기로 한다.

白鐵氏로부터 紹介할만한 評論이 있다기에 推薦文과 함께 보내 달라고 했다. 그것이 「韓國詩研究方法試論」이다. 이것을 내가 推薦하는 形式을 取하는 것은 白氏는 他紙의 審査 委員이기 때문이다. 그래서 이 論文을 推薦하는 理由도 白氏의 紹介文을 그대로 引用하기로 한다.

이 論文을 읽고 난 印象은 퍽 착실하게 공부한 文學徒 그리고 실제로 作品을 理解하는 센스도 있는 才能이라고 느낀 것입니다. 論文의 내용은 現代批評의 두 개의 케이스, 美國의 「新批評」과 西歐쪽의 「文藝學」을 우리 現代批評의 입장에서 클래시파이해서 받아들이고 싶어 한 方向에서 쓰여졌습니다. 그 두 개의 現代批評은 그것들이 作品을 理解해서 도달하려는 價値論에서도 큰 차이가 있지만 作品에 接近하는 方法論에서, 文學作品을 有機的인 言語組織體로 보면서, 그것을 理解하기 위해선 言語條件에서 作品

分析을 해야 한다는 것에는 일치한 見解를 보이고 있다는 것입니다. 그리고 이 方法論은 우리 韓國批評에서도 作品研究의 方法論으로서 시도할 필요가 있고 또 可能하다는 것을 力說한 뒤에 나아가서 실지로 韓國의 詩作品을 分析하는 패턴을 내놓은 점이 新人評論은 一般論만이 아니고 實際批評의 뜻을 갖고 있습니다. 「新批評」 등이 우리가 배울 唯一한 先進批評은 아닐 것입니다. 그러나, 적어도 중요하게 참고해 볼 만한 재료, 젊은 學徒가 한번 研究心을 기울여 볼 만하고 또 그 方面의 개척이 우리 批評界의 내용을 더 확실하게 다져 줄 수도 있다고 생각합니다. 趙兄의 추천형식으로 發表되었으면합니다. - 趙演鉉

그 후 2년이 지나 1966년 1월 22일(금)의 일기장에는 다음과 같이 기록하고 있다.

舊正 하루 앞둔 除夜日이다. 아침에 배달되는 東亞日報 1面 廣告欄에 눈이 갔다. 祈禱하고 선보이는 뚜렷한 세 글자. 그것은 分明히 나의 姓名이었다. 1面 廣告 全段에 《現代文學》廣告欄. 第二回推薦完了되는 셈이다. 今年度 目標가 벌써 이루어진 셈. 大學講壇에 서는 것보담 훨씬 값진 일이다. 부지런히 工夫해서 評論家의 名譽를 더럽히지는 말아야 되겠다. 나에게 最初로 29년만에 이루어진 〈家〉字가 나의 姓名에도 붙게 되었단 말이다.

경과는 金春洙 선생님이 《自由文學》지에 평론이 예선 통과된 것을 알고 논문을 가져 오면 白鐵 교수님께 보내겠다고 하여 이루어진 것이다. 여기에 당시 '評論薦後感'과 '薦了所感'을 그대로 인용하기로 한다.

【評論薦後感】宋永穆氏의「韓國詩分析의 可能性」을 推薦한다.

이 論文은 永郞의 詩를 中心으로 分析한 것인데 그 分析方法이 퍽 機械主義的 形式主義的인 데 머물고 있다. 그것은 永郞의 詩精神을 주로 詩語의 統計를 通해서만 處理하고 있는 데에서도 볼 수 있지만 그러한 統計的 分析의 結論이 그 分析的 勞力에 비하여 극히 빈약하다는 데에서도 알 수 있다. 統計的 分析方法은 近者에 流行하는 文學研究 또는 文學理解의 하나이지만 이러한 경우에 있어서 극히 警戒해야 할 것은 對象의 本質을 把握하는 直觀的 能力의 缺乏이다. 對象의 本質을 把握하지 못하는 어떠한 統計的 分析도 無意味한 것은 두말할 必要도 없다. 그러나 이 論文은 그 方法上의 機械的 形式的 處理에도 不拘하고 對象의 本質에 상당히 접촉할 수 있는 것은 方法의 結果이기보다는 이 作者의 文學的 感應能力의 所産일지도 모른다.

이 論文의 結論이 그 分析的 努力에 비해서 貧弱하다는 것은 이 論文의 結論을 형성하는 「永郞詩의 特色」에 별다른 새로운 解析이나 結論이 나타나지 않은 것을 말한다. 그러나 批評은 結論만이 중요한 것이 아니고 그 過程이 또한 所重한 것이라면 이 論文은 그러한 意味에 있어서 퍽 드문 努力의 하나라 볼 것이다.

이로써 이 筆者는 所定의 推薦을 完了한다. 첫 번째와 마찬가지로 이번에도 白鐵氏가 나에게 이 論文을 推薦해 보낸 것임을 附記해둔다. - 趙演鉉

【薦了所感】무거운 짐 宋永穆

基督教徒들에게 지워진 그네들의 무거운 十字架라고나 할까. 한결 가벼워야 할 내 어깨가 무거워 옴은 웬일일까. 감당할 수 있을까. 역시 확실한 對答은 棺 뚜껑을 덮는 날 일게다. 누구에게나 可能性은 있는 법. 焦燥는 禁

物이라. 時間은 모든 問題를 解決해 줘서 좋다. 그러나 努力은 너무나도 必要한 것. 解産의 苦痛은 必然의 事實. 문을 두드리는 者에게는 열려지는 법. 이상할 것은 하나도 없다. 「빌어먹을… 考試工夫를 했으면 지금쯤 몇 번은 패스했을 걸…」文學工夫하는 尹君의 말이다. 實感이 난다. 타깃은 항시 準備되어 있다. 탄알이 빗나갈 뿐이다. 곧 나의 授業 첫째 時間은 시작될 게다. 熱心히 工夫하는 것 외에는 意味가 없다. 나의 使用만이 나를 키워주신 여러분들께 報答하는 길이 될 것이므로.

· 慶北大學校 大學院 卒 · 1938年 大邱 産 · 嶺南高等學校 在職中

나의 登壇 무렵은 위와 같지만 그 후 半世紀의 역사는 다음 기회로 미루어야 하겠다.

내 집 벽에 걸린 작품들

나의 생활 터 아파트 공간에는 다른 집처럼 벽이 여러 개가 있다. 가구가 자리한 벽을 제외하고는 여러 개의 작품이 장식을 대신하고 있는 셈이다. 그중에서도 1983년작 극재 정점식克哉 鄭點植 화백의 20호짜리 나부裸婦가 빛을 내고 있다. 정 화백의 작품으로는 보기 드물게 사실성이 가미된 유화다. 대학에서 학장으로 재직 중에 존경하면서 모셨고, 특히 가깝게 지내는 사이였다.

정 화백의 수필집을 출간할 때 약간 거들어 드렸는데 출판사를 잘못 선정하여 출판되기는 하였으나 책이 너무 조잡하여 결국 다른 출판사에서 새로 출간된 적이 있었다. 확실히 정 화백의 남다른 날카로운 분별력과 예지가 그의 말에서나 글에서도 풍겨 나와, 아! 역시 큰 예술가는 다르구나 하고 감탄한 적도 있었다. 웬만하면 이미 출간된 책을 그대로 사용해도 되겠지만, 그는 결코 그것을 용납하지 않았다. 그때 정 화백이 수고했다고 봉투를 주기에 받지 않고 외람되게 선생님의 그림 한 점을 갖고 싶다고 했다.

세월이 지나 내가 학장이 되고 정 화백은 이미 퇴임하시어 미국에서 유람 중이었는데 워싱턴에서 전화가 왔다. 자기 조카가 신규 교수 임용을 위한 서류를 접수했으니 선처해 달라는 내용이었다. 학교에서는 이미 인사위원회를 거쳐 임용이 결정된 뒤였다. 귀국하시어 조카를 통해서 내게 전달된 작품이 바로 이 작품이다. 동료 교수인 유 화백과 이 화백에게 정 화백의 그림을 소장하고 있다고 자랑하니까, 너 같은 사람 때문에 우리들이 힘이 든다고 말했다. 그것은 돈을 주고 구입하지 않았다는 것을 우회적으로 표현한 것이리라.

긍농 임기순肯農 任璣淳의 묵죽화도 표구되어 걸려 있는데 이 작품은 독서신문의 신년호에 게재된 작품으로 그때 대구지부에서 근무하던 분이 재정이 어려워 나한테 구입해 주기를 간청하기에 상당한 액수를 지불하고 소장하게 된 것이다. 그리고 고화古畵 한 점도 제 자리에서 시선을 향하게 하는데 이 작품은 내가 학원에서 강의할 때 수강하는 학생이 집에서 가보로 챙기는 작품인데 돈이 필요해서 그래도 그림을 제대로 아는 분에게 드리고 싶다는 것이다. 그 당시로서는 제법 고액을 지불하고 구입해서 표구한 작품이다.

얼마의 시간이 흘러 그림을 판 학생의 집안 사람이라면서 찾아와 그림 구입한 일이 있느냐고 물었다. 사실대로 말했더니 되돌려 줄 수 없느냐는 것이다. 그래서 내가 지불한 금액을 가져오면 주겠다고 했더니 그 후로 아무 소식이 없어 오늘까지 내가 소장하고 있는 셈이다. 작품에는 석루石樓라는 호號가 적혀 있는데, 이경전(李慶全 1567-1644)인지는 확인할 수가 없다.

하나는 대학 후배인 교수 근원 김양동近園 金洋東 서예가가 학장 취임 선물로 쓴 〈乘長風破萬里浪〉이라는 작품이다. 내 이름을 넣어 쓴 작품이라 남에게 양도할 수는 없는 나만이 간직해야 할 소유물이다.

그 내용이 나에게는 과분한 영역이라는 느낌을 갖게 한다. 그는 이미 정평이 난 서예가로서 명성을 얻고 퇴임했지만 지금도 활동하고 있는 현역이다.

이외에도 교수들의 조각품과 도자기 종류도 소장하고 있는데, 문제는 아들 둘은 하나는 국제통상학을 전공한 박사로 교수직에 있고, 하나는 역사를 전공한 박사 목사로서 시무하고 있으며, 사위 둘은 생명과학을 전공한 박사로 역시 대학에 재직 중이고, 하나는 의사로서 박사학위를 가진 원장으로 활동하고 있으면서, 내 집에 와서도 작품들은 거들떠보지도 않는다는 점이다. 자녀들에게 물려주려고 해도 그 가치를 전혀 눈치 채지 못하고 있으니, 소장할 자격을 상실한 셈이다. 그러니까 겉으로는 문학평론을 한다면서 예술의 끝자락에 발을 디디고 서서 점잖은 체하지만 속에서는 속물근성의 맹아가 고개를 내밀고 있다.

연금을 받아 생활하는 처지에서는 그 작품을 팔게 되면 제법 목돈을 만질 수 있겠구나 하는 욕심도 한 자리를 차지하면서 버티고 있다. 사람은 정말 요사스럽고, 기회가 되면 흔들리는 나뭇가지처럼 요동치는 자신을 바라보면서 너도 별 수 없구나 하는 자탄의 소리가 귓가에 들려오는 것 같다. 아직 실행에 옮기지는 않았지만 그렇게 귀결되리라는 예측이 앞서 나가고 있는 것은 부정할 수가 없다. 작품도 주인을 잘 만나야 빛을 발하는 것처럼 인간도 제대로 갈 길을 가야 주변 사람과 후세 사람의 입에 욕을 담지 않게 될 것이다. 나도 이 문제를 두고 좀 더 고민해 봐야겠다.

내가 받은 책들

　시인이나 작가의 작품집은 노역의 결과물이다. 더구나 한 작품을 만드는 과정은 언어의 조탁과 상상력을 동원한 각고의 산물이기에 더 소중한 것이다. 그 작품의 걸작과는 상관없이 작품 나름대로의 가치는 지니고 있는 것이다.

　낡은 연륜의 탓에 나에게 보내온 작품집이 쌓여 가고 있다. 가장 많은 부분은 시집이고, 다음은 수필집, 동시집과 동화집, 소설이 적은 편이다. 나는 작품집을 받을 때마다 시인이나 작가의 정성을 생각하면서 꼭 전화로 답례를 한다. 최소한 서문이나 해설, 나아가 작품 몇 편을 읽고, 겉봉투의 전화번호로 그동안 수고했다는 말과 축하한다는 말을 덧붙인다.

　전화 받는 분들은 한결같이 기쁜 마음과 감사의 정을 담은 음성으로 돌아온다. 한번은 여러 사람이 모인 자리에서 한 노시인이 시집을 여러 사람에게 보냈는데 축하한 사람은 나밖에 없었다고 실토한 예도 있었다. 대체로 책을 받고는 답례 인사는 묵묵부답으로 끝나는구나.

얼마 전의 일이다. 시집을 받고 몇 작품을 읽고 전화로 나의 성명을 말하고 "시집을 출간하게 되어 축하합니다." 했더니 매우 황송한 음성으로 감사의 표시를 했다. 폰의 메시지를 보니 '전화 주셔서 감사합니다. 여름 잘 나시옵소서.' 라는 문자가 들어와 있어 도리어 내가 미안한 마음을 가지기도 했다.

이런 경우도 있었다. 친한 친구로부터 시집을 받고, 반갑기도 하지만 어떻게 축하를 해야 할까 고민하다가 전화로 먼저 축하인사를 하고, 단둘이 식당에서 만나 출판기념회를 겸하기로 나름대로 날짜와 장소를 알려 주었다. 이 친구는 나와 닮아서 여러 사람 앞에서 떠벌리는 것은 싫어하기 때문에 둘이서 만나는 것이 가장 좋겠다고 판단한 나의 의중이 적중되어 기쁜 마음으로 음식을 나누며 축하한 일도 있었다. 물론 당사자는 매우 흡족해했고, 내 마음도 더 즐거웠던 것은 말할 나위도 없다.

가장 괄목한 일은 세 사람의 소설을 읽고 글은 쓴 것이다. 2010년도 오철환의 「아무 것도 아닌 이야기」, 「오늘」, 「이뭐꼬」를 대상으로 「오철환의 작품세계」를 《대구문학》 82호에 게재했다.

소설을 쓴다는 것은 결코 쉬운 일이 아니다. 확보된 보상이나 기대치를 충족시켜 준다는 보장도 없는 상황에서 혼신의 힘을 다해 혼을 불어 넣는 작가의 작업은 아무나 흉내낼 수 없는 영역이기도 하다.

로 시작하여 긴 글을 썼다.
다음은 정재용의 장편소설 「氷以花」다.

선입견이 얼마나 무모하고 불확실하며 진정성이 결여되어 있는지, 체험한 사람들은 인정할 것이다. 대구에서 활동하고 있는 소설가 정재용을 아는 사람은 많지 않은 것으로 알고 있다. 그렇기 때문에 그의 장편소설 「氷以花」가 2009년도에 출간된 것조차도 모를 뿐만 아니라 설령 알았다 하더라도 관심을 갖고 주목하지 않았던 것이 지금까지의 실정이다.

대체로 장편소설이라면 아예 책장을 넘겨볼 마음의 여유도 없다. 나 역시 대구지방의 작가가 쓴 장편소설이기에 시간을 할애해서 읽을 필요가 있을까 생각하면서 책꽂이 한쪽 편에 얹어 놓으려다가 그래도 내 손에 들어온 장편소설이라 앞장부터 읽기 시작했다. 그 순간 가벼운 전율을 느끼면서 대구에 이런 작가가 있었던가! 감탄이 저절로 나오는 게 아닌가.

「氷以花」는 상하 두 권이지만 보통 장편소설의 네 권에 해당할 만큼 그 분량 면에서도 독자를 압도하고 있다. 독자를 이끌어가는 문장력과 박진감과 긴장감을 가미시킨 치밀한 구성, 독특한 작가적 재치와 심도 있는 고증을 바탕으로 일제 암흑기의 대구 모습까지 상세하게 기술해 나가는 작가의 역량에 매료되고 말았다. 끝내 다 읽고 나니 많은 독자들에게 대구가 낳은 이런 작가가 활동하고 있다는 것을 알리려는 내면의 욕구가 강하게 자극해 왔다. 「氷以花」를 아는가?

- 《대구문학》 96호

장편소설의 경우 나처럼 읽어준 독자가 있었다는 것만으로도 작가는 위안이 될 수 있는 것이다.

다음은 이연주의 장편소설 「탑의 연가」다. 이 작품을 받아 읽고는 그 자리에서 답신을 써야겠다는 결심이 나를 그냥 두지 않았다.

소설은 일단 재미가 있어야 한다는 것은 보편적이며, 상식의 영역에 속한다. 그런 면에서 이연주의 장편소설 「탑의 연가」는 성공하고 있다.

이 소설은 우리들이 쉽게 읽을 수 있는 소설과는 달리 앞 뒤를 챙겨가면서 찬찬히 읽어야 그 묘미를 맛볼수 있을 만큼 특이한 점들을 지니고 있다. "「탑의 연가」를 읽어 보았는가"

- 《대구문학》 124호

특히 장편소설의 경우 다 독파한다는 것은 인내심과 꾸준한 노고가 뒤따르게 된다. 그렇지만 앞으로도 계속 나에게 보내온 작품을 읽고 답례의 전화나 답신을 쓰는 일에 게으르지 않으리라 다짐한다.

끊임없는 도전과 성실한 자세

오랜 진통 끝에 드디어 《대구 경북 크리스천 문학》지 창간호가 아름다운 얼굴을 선보이게 되어 먼저 하나님께 감사와 영광을 돌립니다. 아울러 회원들을 비롯해서 여러 면에서 도움을 준 분들과도 함께 기쁨을 나눌 수 있게 되어 더욱 감격스러울 뿐입니다.

서울과 부산에서는 이미 《크리스천 문학》지가 해를 거듭하면서 알찬 모습으로 성장해 가고 있었으나 대구 경북 지역에서는 전혀 그 기미가 보이지 않던 중 금년 초에 마침 수필가 김익환 변호사와 조삼도(전 고교 교감) 시인, 소설가 이수남(전 고교 교감), 강문숙 시인, 박지영 시인이 기독 문인회 구성을 위한 교감交感을 갖게 되어, 언론인이며 수필가인 박용규(전 영남일보 주필), 아동문학가 권영세(현 초교 교장), 수필가 송영옥(현 고교 교사) 씨 등이 참여하여 20여 명으로 '대구 경북 기독 문인회'가 창립하게 되었습니다. 그 후 40여 명의 회원을 확보하고 창간호 《대구 경북 크리스천 문학》을 발간하기 위한 다 각도의 검토와 노력의 결실로 그 빛을 보게 된 것입니다.

《크리스천 문학》지는 '대구 경북 기독 문인회'의 회칙에 명시된 것과 같이 '기독교 정신에 입각한 문학 창작 활동을 통하여 기독 문인 상호간의 문학적 교류와 신앙적 성장'과 발표지면을 제공함으로써 창작의욕을 진작시키고 그리스도와 만남의 가교架橋역할까지 담당케 하여 궁극적으로는 그리스도의 영광을 드러내는데 그 목적을 두고 있다고 하겠습니다.

'크리스천 문학'이란 용어 자체가 갖는 의미와 그 범주는 제한적이라기보다는 오히려 무한한 하나님의 사랑처럼 더 길고, 넓고, 깊고, 높은 생명력이 약동하는 그런 문학이라야 할 것입니다.

일부 사람들에게만 국한된 작품이 아니라 많은 사람들에게 공감을 줄 수 있는 보편성을 확보할 때 《크리스천 문학》은 그 빛을 발휘하게 될 것입니다. 작품은 사람이 쓰는 것이기 때문에 성실하고 정직한 삶의 자세를 갖춘 인격의 바탕 위에 끊임없는 각고의 노력과 재능이 가미될 때 그 성과는 우리의 기대를 충족시켜 줄 것입니다.

대구 경북 기독 문인들이 기도하면서 얻은 영적 체험과 삶의 현장에서 경험한 모든 것을 총합하여 작품 속에 용해시키고 승화시켜 완성된 작품으로 태어날 때, 《크리스천 문학》지에 게재된 작품들은 한 차원 높은 지위를 향유하게 될 것입니다. 또한 기독 문인들은 새로움을 계속 추구하고 좋은 작품을 위한 도전을 해야만 결실의 환희를 맛보게 될 것입니다. 동시에 많은 고민과 자신과의 치열한 대결에서 승리해야만 하나의 작품이 생산된다는 엄연한 사실을 직시하고, 철저하고 견고한 정신자세에서 세상을 바라보고 실천하는 행동이 뒤따라야만 할 것입니다.

여기에 게재된 작품들은 나름대로는 최선을 다한 결과물이기 때문에 좋은 반향反響을 기대해도 빗나가지는 않을 줄로 사료됩니다.

생명 탄생에는 많은 고통과 애로가 따르듯이 회원들의 땀과 희생적 정신 없이는 성취하기 어렵다는 교훈이 이번 창간호 발간에서도 확인되고 있습니다. 우리의 걸음이 처음은 미약하지만 나중이 창대해지리라는 소망을 갖고 세상에 나서게 된 것입니다.

발간에 소요되는 제반 경비 조달과 지금까지 아낌없이 협조해 주신 수필가 김익환 변호사에게 이 지면을 빌려 감사의 뜻을 전하고자 합니다. 또한 끝까지 수고를 아끼지 않았던 총무 박지영 시인과 수필가 박하 씨, 그리고 많은 회원 여러분들에게도 회장으로서 감사의 말씀을 드리고자 합니다.

다시 한번 하나님께 영광을 돌립니다.

회장 송영목

작품의 우월성

《대경기독문학》 2호를 회원들과 기독문인회를 아끼는 분들의 협조로 발간할 수 있도록 인도해 주신 하나님께 감사와 영광을 돌립니다.

지령紙齡의 역사성과 특수성은 존중되어야 하지만 작품의 가치 면에서는 비례하지 않는다는 사실을 《대경기독문학》 창간호와 2호가 확인시켜 주고 있다. 여러 장르에 걸쳐 견실한 작품들이 회원들의 열정과 역량에 걸맞게 형상화되어 선을 보였고 2호 역시 깊은 믿음의 바탕 위에 최선을 다한 작품들이 빛을 발휘하고 있음이 이를 뒷받침하고 있다. 기독문학이라는 명칭과 그 배경 때문에 회원 스스로가 제한된 범주에 머물러 있어야 할 당위성은 없다. 더 폭넓게 시야를 넓혀 포용하고 객관성을 유지하면서 우수한 작품을 창작하는 데 힘을 쏟아야만 할 것이다. 작가의 개성을 지녀야 함은 물론이거니와 그것이 다만 독창성에만 치중해서는 안 될 것이며, 보편성을 지닐 때 우월성을 가지게 될 것이다.

대경기독문인들은 모두 이런 점에 원론적인 인식을 같이 하면서 창작하고 있다는 데 주목할 필요가 있을 것이다. 2호에 게재된 작품들이 바로 문학의 원론에 충실하면서도 그 특수성을 지니고 있음이 더욱 우리를 기쁘게 하고 있다. 우리 주변에 존재하는 모든 사물과 거기에 내재된 속살까지도 작가의 상상력과 사상이 확연해질 때는 이미 기독사상은 그 속에 용해되고 있음도 간과해서는 안 될 것이다. 회원들 면면은 서로 친숙하게 익히지 못했더라도 작품을 통해서 만남이 이루어지고 나아가 하나의 공동체가 형성되어 그리스도의 향기를 풍기며 말로 설명할 수 없는 신비로움이 우리를 묶고 있다.

이번 2호의 특집에 실린 유은식 목사님과 전재규 장로님, 김성한 변호사님, 강구정 교수님의 옥고들은 이번 호의 무게를 더해 주고 있다. 이 자리를 빌려 감사를 드리고 싶다. 문학의 순수성에서는 약간 비켜갔지만 이런 글들을 통해서 작품의 소재를 얻고 다양한 체험을 할 수 있다면 이 또한 큰 소득이라 여겨진다. 기독문학 세계를 더 확대 지향코자 하는 의도가 내포되어 있음도 눈치챌 수 있을 것이다. 문학이 다양하고 복합적인 영역까지 포용할 수 있다는 가능성을 보여 주는 대목이기도 하다.

우리의 궁극적인 목적은 작품의 우월성에 있다. 다른 어떤 조건과 상황은 여기에서 벗어날 수는 없다. 그런 의미에서도 2호에 게재된 작품들은 그 목적을 향해 강렬한 도전을 하고 있다. 또한 책자를 발간하는 데 협찬에 기꺼이 호응해 주신 명우법률사무소 세 분의 변호사님, 협성재단 신철원 이사장, 대동기업 회장 김동수 장로님께 감사의 뜻을 전하며, 2호 발간에 심혈을 기울인 소설가 이수남, 시인 박지영, 수필가인 김익환 변호사님께도 심심한 사의를 표하고 싶다.

어려움 속에서 2호를 발간하게 해 주신 하나님께 다시 한번 감사와 영광을 돌립니다.

아내 그 끝나지 않은 사랑

위의 제목은 정애경 명예권사가 쓴 장편소설 「아내 그 끝나지 않은 사랑」 표제를 그대로 옮겨온 것이다. 소설이 현실을 넘어서지 못한다는 말이 이 소설에서도 적용된다고 하겠다. 어쩌면 그렇게도 살아가기 힘든 현실을 잡초처럼 끈질기게 살아온 한 여자의 일생이 너무나 잘 묘사되었을 뿐만 아니라 정규적인 교육을 별로 받지도 못했는데도 이만한 글을 쓸 수 있다는 것은 그의 피나는 노력의 결과이리라. 게다가 변호사도 선임하지 않고 혼자 대법원에서 승소할 수 있었다는 것은 일반의 상식을 넘어서고 있다.

결혼생활 20년 동안 정신쇠약에 시달리는 세무 공무원 남편을 깨끗한 세리로 살아갈 수 있도록 내조한 부인의 애틋한 정성과 사랑과 노력이 생생하게 기록되어 가슴에 와닿고 있다. 세 아기를 기르면서 영양실조로 몇 번이나 실신한 그녀였지만 시댁과 친정에서도 도움은커녕 세무 공무원이라는 일반적 선입관 때문에 도리어 잘 살 줄 알고 물질적 도움을 바라는 그들의 증폭된 욕구의 와중에서도 굳건하게 분발하도록 만든 것은 신앙의 뒷받침도 있었겠지만 부인이 갖고 있는 의지력이 가혹한 시련이 심해질수록 더욱 강해지게 만든 동력이 되기도 했을 것이다.

세상사가 다 그렇듯이 살아가노라면 안정되고 평화로운 때도 있지만 굵고 짧은 마디가 생기게 마련인데 의지력이 약한 사람들은 무너져서 재기가 힘든 반면 그럴수록 더 용기와 결단이 강하게 작용하여 현실을 극복하고 승리의 삶으로 인도되는 이들도 있다. 우리 주변에는 있을 수 없는 일이 일어나는 게 아니고 상상을 초월한 일도 있다는 사실을 목도하면서 살아가고 있다.

이 소설도 실화를 바탕으로 했지만 굳이 장편소설이라 한 것을 보면 첨삭添削이 있었다는 것을 전제한 것이리라. 그렇더라도 한 여인의 끈질긴 삶의 궤적을 읽고 있노라면 인간사의 밝고 환한 면보다는 너무나 멀리 떨어진 극한상황이라 실감을 갖기보다는 그야말로 기구한 운명을 타고난 사람으로 돌릴 수도 있겠구나 하는 생각을 가질 수도 있겠다.

세무 공무원인 남편이 직장에서 어려움에 시달리다가 하숙집에서 세상을 하직하자 세무서장을 비롯한 동료들이 그의 순수성과 정직성 그리고 많은 모범 표창 등을 감안하여 마땅히 순직으로 처리해야 한다고 주장했지만 장례 이후에는 돌변해 버리는 그 배신감 때문에 부인은 비애를 처절하게 경험하게 된다. 그것이 자극제가 되어 맨몸으로 법원에서 승소했으나 총무처의 반발로 대법원까지 가게 되지만 그녀의 숨김없는 하소연과 청원서의 내용에 감동한 결과로 승소할 수 있었다는 대목도 예사롭지 않다. "죄가 많은 곳에 은혜가 더욱 넘쳤나니(로마서 5:20)" 성경구절처럼 우리의 삶에는 역설적인 데가 많음을 볼 수 있다. 은혜를 많이 받으려면 죄를 많이 지어야 된다는 말은 아니지만 결과론적으로는 고통과 감내하기 힘든 고난이 닥칠수록 내심의 깊은 곳에서는 용수철처럼 반동되는 의지력의 발로를 볼 수 있다는 점도 적용해 볼 수 있을 것이다. 그렇기 때문에 삶을 이야기할 때 단순한 몇 마디로 처리 못 한 것도 그만한 이유가 게재된다는 것을 성경에서도 볼 수 있다.

예수께서 이르시되 네 마음을 다하고 목숨을 다하고 뜻을 다하여 주 너의 하나님을 사랑하라 하셨으니 이것이 크고 첫째 되는 계명이요, 둘째도 그와 같으니 네 이웃을 네 자신같이 사랑하라 하셨으니 이 두 계명이 온 율법과 선지자의 강령이니라.(마태복음 22: 37-40)

많은 양의 책이 필요 없이 단 이 두 마디만 있으면 다 해결되겠지만 그렇지 않고 구약과 신약의 많은 말을 기록해 놓은 것만 보더라도 인간이 그리 단순하지 않고 복잡할 뿐만 아니라 실천하기 힘든 계명이기에 숱한 삶의 모습을 담고 있다고 해야 할 것이다.

정애경 권사의 장편소설을 보면서 이 또한 삶의 한 페이지에 불과하지만 한 여인의 기구한 삶과 함께 현실의 난관을 극복해 가는 인내심과 대장부 같은 기개와 용기도 배워 두면 크게 보탬이 되지 않을까. 혼탁한 세태에 청렴결백한 세무 공무원도 있다는 것은 우리의 미래를 밝게 해 주리라는 희망을 갖게 한다. 길지 않은 생을 살아가면서 누추하게 살지 말고 하루를 살더라도 정직하게 살아가는 지혜를 터득하는 계기로 삼으면 어떨까.

『영원한 안식』 제자의 변辨

　사회구조가 복잡하고 다양多樣해짐에 따라 글의 내용도 넓은 범위에 걸쳐 세분화細分化되고, 짧은 시간에 많은 양의 글이 책자로 되어 쏟아져 나오고 있다. 개중에는 미사여구美辭麗句를 동원한 미문체美文體의 문장이 있는가 하면, 소박한 표현으로 사실을 숨김없이 전해 주는 참된 글도 있다. 세상이 아무리 다변화多變化의 연속이라 할지라도 진실眞實을 말하는 바른 글은 읽는 이에게 감동을 주게 마련이다.

　우리가 흔히 말하는 수필의 경우, 대체로 시인이나 작가의 글에 매력魅力을 가지지 못하는 것은 기교技巧가 진실을 넘고 있기 때문이다. 도리어 각종 직업에 종사하는 많은 분들의 글에서 더 관심이 기울어지고, 호감이 가는 것은 첫째, 우리가 모르는 그들의 세계에 대한 호기심의 발동發動이고, 둘째는 꾸밈없는 솔직한 표현에서 진실과 만날 수 있기 때문이다. 비록 문장력이 부족하고 수사修辭가 미숙하더라도 진지한 삶의 자세에서 풍겨오는 깊은 마음이 독자에게 전달되는 감동은 그 파장波長이 길고 여운餘韻도 있다는 말이다. 읽을 만한 글 가운데는 극히 감각에 호소하여 짜릿한 순간에서 그치는 경우도 있고, 머릿속에만 머물다가 사라지는 예도 있고, 마음속에 찾아와 오랫동안 간직되는 글도 있다. 일단 독자의 마음을 움직이게 한 글은 좋은 글이라 할 수 있을 것이다. 뷔퐁이 일찍이 "글은 곧 그 사람이다."라고 했을 때 가장 잘 적용되는 장르가 수필이다.

금번 전재호 교수님의 두 번째 산문집散文集『영원한 안식』은 국어학을 전공하시는 분으로서는 드물게 나타난 생生의 파편破片들이라 할 수 있다. 첫 페이지에서부터 바로 전 박사全博士님과 대면하여 직접 대화하는 분위기雰圍氣를 실감했으며, 소박하면서도 꾸밈없는 몇 편의 글들이 조금 매끄럽지는 않았으나 그것조차도 진실한 한 걸음으로 마음에 다가오고 있음은 독단獨斷만은 아닐 것이다.

특히 Ⅲ단원의 '나의 자서전自敍傳'은 제자인 필자로서도 처음 알게 된 사실로서 새로움을 더해 주었고, 명절 때마다 찾아뵈올 때 인자仁慈와 친절로써 대해 주시던 사모님의 서거逝去는 나에게도 충격을 주었지만, Ⅴ단원의 '추도편追悼篇'에 포함된 선생님의 참회懺悔의 세 편의 글은 어쩌면 그렇게도 가슴을 뭉클하게 하며, 목을 잠기게 하는지 읽다가 멈추기까지 하였다. 더구나, 여러 식구들이 사모師母님의 생전生前의 일들을 떠올리면서 기리는 글도 감동感動을 주었다.

메말라 가는 오늘을 살고 있는 세대世代들에게 자신을 한번 성찰省察해 보고, 삶의 가치가 어디에 있는가를 음미吟味해 보는 계기契機를 이 책을 통해서 가졌으면 하는 바람도 여기에 있다. 진실眞實은 항상 어디서나 누구에게나 통할 수 있다는 이 평범한 말을 또한 이 책을 통하여 재확인할 수 있었다.

아울러 전 선생님의 깊은 신앙信仰과 생활실천生活實踐에서 보여준 그 겸허謙虛한 자세는 숱한 말의 잔치를 베푼 여타의 책들을 압도壓倒하고 있음도 분명히 읽어낼 수 있었다. 더구나 선생님의 그 학문에 쏟은 정열은 후학後學들에게 크나큰 격려와 채찍의 역할을 충분히 수행했다고 단언해도 한 점 거리낄 것이 없다.

사모님의 영원永遠한 안식安息을 빌면서 혼자가 된 존경하는 선생님의 여생餘生의 쓸쓸한 날들이 도리어 하나님의 은혜와 축복으로 매워지기를 빌면서 못난 제자弟子가 몇 자 보탭니다.

대구문학의 터
-《竹筍》과 함께 산 李潤守 시인-

　이윤수 시인(1914. 6. 7.~1997. 3. 19.)은 1914년 대구 계산동에서 출생하여 유학 시절 외에는 대구에서만 생활한 토박이 대구인이다. 1935년 일본와세다대학을 졸업하고, 1937년 동인지《日本詩壇》에 「淸彦의 노래」를 게재하고부터 시를 쓰기 시작했다. 동경《詩文學硏究》및《日本詩壇》의 동인이기도 했다. 그를 말할 때는 竹筍詩人俱樂部가 발간한《竹筍》지를 떼어 놓을 수가 없다. 그는 32세 때《竹筍》誌를 창간했고, 약 30년의 휴면을 깨고, 1979년에 복간호가 등장하게 된다. 초기의 일화는 여러 지면에서 소개되고 있지만 가장 정확한 정보는 1985년 「광복 30년 경북문단 점철」에 게재된 자신이 직접 쓴 「竹筍이 창간되기까지」일 것이다. 그 후에 서부도서관에서 발간한 윤장근의 『대구문단인물사』(2010. 11. 5.)에서도 소개가 되었다. 《竹筍》39호에 '竹筍 60年 回顧' 특집에서도 李潤守 「竹筍이 창간되까지」, 尹章根 「竹筍 60年과 李潤守」, 장호병 「석우 시비를 찾아서」, 金耀燮 「名金堂」, 설창수 「竹筍과 나」, 박화목 「竹筍은 내 詩의 苗板」, 金漢英 「詩魂의 입김」, 崔華國 「回想의 고향 大邱」, 崔光烈 「竹筍 創刊 무렵의

일」 등의 글이 게재되어 있다. 이들은 일화 중심이었으나 송영목의 「解放期 竹筍誌의 詩世界」(解放期 詩研究(1997. 11. 29. 대일출판사, 竹筍 47호와 50호)에서는 작품을 중심으로 평론이 전개되고 있다.

석우 시에 대해서는 많은 논의가 이루어지지 않았지만 송영목의 「石牛 李潤守 詩世界」(앞의 저서에 등재되어 있음)가 시집『人間溫室』(1959)『神이 뿌린 어둠』(1982)『별이 된 단풍잎』(1991) 외에《竹筍》지에 게재된 시까지 포함하여 147편을 대상으로 분석 논의했다.

《竹筍》을 제쳐 놓고는 石牛에 대한 정확한 평가가 성립될 수 없기 때문에 맨 먼저 논의했으며, 거기서 그의 집요한 정신의 일면을 추출할 수 있었다. 그리고 그의 시세계를 고찰한 결과는 다음과 같다.

첫째 20대 초부터 팔순의 연륜까지에도 아랑곳 않고 순수한 감정을 지니고 詩作하고 있다는 점이다. 이는 일관된 그의 삶의 자세와도 직결되는 대목이다.

둘째 무엇보다 중요한 것은 그의 시 전편에서 보이는 진실성을 결코 빼놓을 수 없다는 점이다. 이는 한평생 시와 더불어 살아온 그의 외골수의 삶과도 무관하지 않은 것으로 조금은 투박하면서도 한 구절 한 구절이 가식없는 진실로 점철되었다는 점을 높게 사야할 것이다.

셋째 그는 시를 머리로 쓰지 않고 몸으로 쓰고 있음을 간파看破할 수 있었다는 점이다.

외견상 그의 작품이 공통적으로 언어의 조탁彫琢에 힘을 기울이지 않았고, 수사법이나 기교를 구사하지 않았다는 점을 지적할 수 있을 것이다. 그러나 깊이 성찰해 보면 이는 근본적으로 石牛詩의 몸짓과는 어울리지 않는 의상임을 알 수 있다. 그런 점은 도리어 石牛詩의 스타일을 망가뜨리는 결과가 될 것이다.

넷째 지금까지는 石牛詩를 논의한 글들이 드물다는 점이다. 많이 논의되는 것과 좋은 작품과는 꼭 상관관계에만 국한된 것은 아닐지라도 그만큼 관심을 집중시키지 못했다는 증좌는 될 것이다. 반면에 그의 시는 외면적인 면보다는 씹을수록 묘미가 있고, 깊이가 있음도 간과해서는 안 될 것이다.

윤장근의 「竹筍 60年과 李潤守」(竹筍 39호, 2005년), 「竹筍의 발족과 그 주변」(대구문단인물사, 2010년, 207~208쪽)에서도

이윤수 시詩의 특징은 단적으로 말해서 그가 휴머니스트의 시인이라는 데 있다. 시의 레토릭보다 담고 있는 사상 즉 인간진실에의 탐구에 더 큰 비중을 두고 있다는 말이다. 따라서 이윤수의 시는 진실과 정감을 인간존재의 근원으로 삼으며 이를 외면한 어떤 것에도 가치를 두지 않는다. 그의 시가 탐착을 혐오하고 허위를 고발하는 연유도 여기에 있다. 삶의 가치를 파괴하는 비인간적 요소들을 용인하지 못하는 심서心緖의 표현이 그대로 시가 되고 있는 것이다.

그리하여 이윤수는 인간의 아름다움에 이끌려 슬픔을 삼키면서 시를 쓰는(그런 마음을 가진) 사람이 사는 곳을 '인간온실'이라 믿는다. 심상心象의 원형이 여기에 있다 보니 허위와 위선과 기만을 생리적으로 거부하게 되고 그것이 응어리져 나오면 격정의 시가 될 수밖에 없다. 그래서 그는 언제나 고독한지도 모른다.

아름다운 당신
찌들어가는 그대여

잃어버린 모든 것을 체념하고

당신 품에 슬픈 곡조로

미쳐버린 마음으로 미치광이로

슬픔에 넘치는 노래를 하자

- 「달밤은」 일부

일제 치하 조국 상실의 30년대를 숨 가쁘게 산 사람들에게 청춘과 환희
가 있을 리 없고 있었다면 그것은 기만일 것이다.

봄바람이여 내 가슴에 드리워 진 검은 장막을 걷어다오

무대는 화려하다

꿈의 나라 따사로운 옛 얘기의 나라

즐거운 노래

흥겹게 부르며 춤추는 나라. 그리운 나라

- 「암전의 시간」 일부

오욕의 굴레에서 벗어나 빛의 화현和絃소리가 울리는 인간애에의 갈망은
초기 시에서만이 아니라 「흔적」, 「별이 된 단풍잎」 같은 후기 시에서도 엿
볼 수 있다. 전장에서 팔과 다리를 잃은 참혹함을 카네이션 꽃으로 은유함
으로써 더욱 섬직한 현실감을 안겨주는 「동경」, 어머니를 잃고 미쳐버린
벙어리 소녀의 울음이 타는 「소녀」, 종소리와 곡소리가 착종하는 속에서
굳게 닫은 빗장을 풀고 아득히 먼 날 진실된 사연을 남김없이 밝혀야 한다
는 「침묵」이 지향하는 것은 인간저주가 아닌 인간성 회복의 갈구이며 무한
한 생명긍정이다.

소설가 윤장근의 탁견이다.

그의 문학 활동 공간은 대구를 중심으로 그것도 서문로, 동인동, 향촌동, 동성로 등 시내 중심지에서 벗어나지 않고 있으며, 시간적으로는 일제부터 해방, 6.25전쟁, 그리고 현재에 이르기까지 숱한 험악한 세월을 보낸 셈이다. 앞에서도 언급했듯이 그가 경영했던 명금당名金堂 시계점을 거점으로 숱한 시인들이 거쳐 갔고, 달성공원에 한국 최초로 이상화 시비가 세워지게 된다. 두류공원에는 상화 동상이 건립되고, 牧牛 白基萬 시비건립에도 앞장섰다. 1985년에는 尙火 詩人賞이 제정된다. 다만 이윤수 시인을 말할 때는 그의 온갖 정성을 쏟아 부은 《竹筍》을 빼먹을 수 없다. 이는 집념과 열정, 끈기의 소산물이다.

나와 인연이 돈독하게 된 것은 1979년 복간호를 준비하던 시기다. 대명 9동 앞산 자락 대명여중 담 건너편에 주택이 있었고, 100m 아래쪽에 2층 양옥으로 신축하여 이사했을 때였다. 18년간 가까이 모셔 보았지만 60대 중반에서 80대 초반까지 한 번도 자세가 흩어 지지 않았다. 과거는 모르겠지만 나와 만남이 이루어진 후부터는 술을 드시는 것과 담배를 피우시는 모습을 본 적이 없다. 늘 정장일 때는 나비넥타이를 즐기셨고, 평상복일 때는 베레모를 애용하셨다.

원고 청탁 때는 직접 친필로 써서 친숙함과 간청이 묻어 있어 원고료는 없었지만 청탁을 거절할 사람은 거의 없었다. 그리고 편집이나 교정, 발송 등 한 번도 나에게 부탁한 일이 없고, 손수 자기의 능력으로 일을 처리했다. 간혹 포니 승용차를 갖고 있었던 내가 우체국에 갈 때나 또는 다른 용무가 있을 때 편의를 제공했지만 남에게 피해를 주는 어떤 부탁도 하시는 것을 보지 못했다.

정말 놀라운 것은 음식점에서 만난 일이 아주 드물었고, 가능한 식사시간을 피하고 자기 집이나 커피숍에서 만났다. 그것도 어른들이 모이는 장소가 아닌 '첼로' 등 젊은이들이 선호하는 커피숍을 이용했다. 24년이나 연하인 나에게 결례한 일이 없었고, 예우해 주셨다.

그의 성품은 보통 사람과는 달리 독특한 면이 있었다. 한번은 소원했던 때가 있었는데 그 이유를 알 수가 없었다. 몇 개월이 지나 연락이 와서 예전처럼 친밀하게 되었지만, 자기 나름대로 규칙이 있어서 거기에서 비켜갔다 싶으면 가차없이 끊어버리는 면이 《竹筍》을 이끌어 온 근본일 것 같기도 하다. 또 고인이 된 하오명 수필가와도 단절된 일이 있었는데 물론 그 이유는 이 시인만이 알겠지만 제삼자로서는 짐작하기도 어렵다. 진심으로 얘기했더니 마음이 통해서 되돌려 놓을 수 있었다.

80대에도 반바지에 흰 긴 머리카락을 날리며 조깅하는 모습은 근방에 사는 사람들에게는 소문이 나 있었다. 어느 때인지는 분명하지 않지만 이상화의 「빼앗긴 들에도 봄은 오는가」의 배경이 영선못(지금 영선시장) 위의 삼봉산(기린산) 지금의 수도산 쪽에서 명덕로타리 쪽을 바라보면서 구상했으리라고 일러 주기도 했다. 나를 놀라게 한 일은 그처럼 애지중지 하던 《竹筍》 창간호부터 프린트로 인쇄된 임시호까지 11집을 나에게 대여해 준 일이다.

내가 《竹筍》지의 시세계에 대한 글을 쓰고 싶으니 책을 빌려 달라고 했더니 흔쾌히 자기 서재에 불러 책을 찾아서 아무런 조건도 없이 주었다. 지금이나 그때나 감복할 따름이다. 그 결과 219편 전편을 고찰해서 「解放期 竹筍誌의 詩世界」란 글이 작성되었던 것이다.

이 글은 1993년 10월 1일《비평문학》7집에 수록되었고, 1997년 11월 29일 송영목 평론집『解放期詩研究』에도 게재되어 있다. 또한 《竹筍》47호(2013년)와 50호(2016년)에도 일부분 소개되어 있다. 여류 시인 김소운이가 일을 거들다가 자기에게 거슬리는 몇 마디에 호되게 꾸중들은 일도 있었다. 《竹筍》을 발간할 재정적 문제는 치외법권의 영역에 있었고, 어떻게 발간하게 되는지는 미궁에 속하기도 하지만 신기하기만 하다. 그러니 거기에 대해서는 아무도 말할 사람이 없었다. 그루출판사(시인 이은재 대표)와 대일(북랜드)출판사(수필가 장호병 대표)의 도움이 없이는 불가능했으리라 짐작된다. 2대 죽순문학회장인 윤장근 소설가와도 친분이 두터운 걸로 알고 있다.

그의 인품의 독특함은 나무랄 부분은 아닌 것 같고 그것이 도리어 《竹筍》을 이끌 근본이 되었다는 것만은 확실한 것 같다.

1972년 4월부터 1974년 3월까지 韓國文協 및 韓國藝總 慶北支部 長을 역임했고, 3회 경북문화상 , 韓國自由詩協賞 수상, 1995년에는 정부로부터 '문화훈장보관장' 에 이어 '향토문화대상' 을 받았다. 1996년에는 전국 동인지콘테스트 최우수상을 수상하는 영광을 누리기도 했다. 사후에는 시「파도」가 새겨진 石牛 李潤守 詩碑가 2000년 3월에 대덕공원에 세워졌다.